rowohlt

CATHERINE CHARRIER

Die Kunst des Wartens

Roman

Aus dem Französischen
von Claudia Steinitz

Rowohlt

Die Originalausgabe erschien 2012 unter dem Titel
«L'Attente» bei Éditions Kero, Paris.

2. Auflage Juli 2015

Gesetzt aus der Palatino
bei Dörlemann Satz, Lemförde
Druck und Bindung CPI books GmbH,
Leck, Germany
ISBN 978 3 498 00804 8

DIE KUNST DES WARTENS

Für meine Mutter
Für meine Schwester
Für meine Töchter

«Hm! Wenn wir erst in der Postkutsche sitzen! … Denkst du daran? Ist es die Möglichkeit? Mir scheint, wenn ich endlich spüre, wie der Wagen anfährt, wird es sein, als stiegen wir in einem Ballon empor, flögen hinauf zu den Wolken. Weißt du, dass ich die Tage zähle?»

Emma zu Rodolphe, Gustave Flaubert, *Madame Bovary*

X

An diesem Tag habe ich angefangen zu warten. Der Moment, in dem mein Leben die ungreifbare, flüchtige Form des Wartens annahm, kam am Ende unserer Begegnung in der Tiefgarage des Kongresszentrums von Nantes. Der Ort ist mir vertraut geworden: Die heimlich Liebenden eignen sich rasch ein Wissen um verborgene Orte an. Die Geographie der Stadt, die dich schon so lange behütet, verwandelt sich an dem Tag, an dem eine Beziehung beginnt. Plötzlich besteht alles ringsum aus Schlupfwinkeln und Verstecken, erhält die Form einer Stadt von Julien Gracq, aus der Perspektive von Illegalen, Flüchtlingen der Liebe und anderen Irrfahrern im gleichen Boot. Dann sieht man, was die anderen nicht sehen, sucht man nach ruhigen und anonymen Orten, um sich zu treffen, nach Wegen, grünen Inseln im Asphalt, kleinen Parks mit schützenden Sträuchern, nach dem von der Brise der Loire liebkosten Niemandsland der Häfen, wenn man etwas Romantik braucht, und manchmal nach nüchterneren Orten, Tiefgaragen,

Kaufhäusern, McDonald's, nur für jene zu erkennen, die mit der Tarnung vertraut sind.

So bietet das Kongresszentrum den Liebenden zu jeder Tages- und Nachtzeit sein frisch in Rot und Tennisgrün gestrichenes, makellos sauberes Inneres. Direkt darüber kommt der Erdre noch einmal ans Tageslicht, bevor er sich in eine durch viele Zuflüsse gesättigte Loire ergießt. Das Unkraut an seinen Ufern entgeht der städtischen Ordnung, wir sind gerade ein Stück dort entlanggelaufen. Ich führe Roch bis zum alten, noch nicht abgerissenen Marcel-Saupin-Stadion, dem mythischen Schlupfwinkel der *Canaris*, der Schatulle ihres einstigen Ruhms. Wir entdecken eine Tür, ein Platzwart hat sie offen gelassen, um seinen Sprenger anzustellen. Hand in Hand betreten wir die heilige Arena. Weil ich mich früher für diesen Fußballclub interessiert habe, kenne ich seine chaotische Geschichte und einige Helden ganz gut. Ich erzähle begeistert, er hat keine Ahnung davon und hört mir verzaubert und ungläubig zu. Die leeren Zementstufen des alten Stadions führen hinunter bis zum perfekten, als letzte Spur der Vergangenheit gepflegten Rasen. Von hier stammt der saubere Fußball, der die Stadt immer noch begeistert, das hübsche Spiel à la Nantes. Der menschenleere Ort im Mittagslicht bewahrt noch einen gewissen Schneid. Roch sieht zu, wie ich die Sandalen ausziehe und barfuß über das kurz geschnittene, von Wassertropfen glänzende Gras laufe. Er holt mich ein und küsst mich am Fuße der Stufen. Sein Kopf ist über mir, in dem speziellen Winkel, aus dem er mich immer ansieht, wenn wir stehen, weil er so viel größer ist. Die weiße Sonne steht hoch. Im Gegenlicht sind seine blauen Augen dunkel und funkelnd auf mich gerichtet. Sie streichen über mein Gesicht, erforschen die Wangen, den Mund, die Stirn, die Ohren, als suchte er etwas, eine Einsicht, die er nicht findet. Er sagt:

«Du beherrschst mich, warum?»

Als Antwort lächle ich ihn an, stelle meine nackten Füße auf seine Schuhe und recke mich nach oben, um mich seinem Gesicht zu nähern. Aus einer kleinen Tür unter den Stufen kommt der Platzwart heraus, er sieht uns, überrascht uns in dieser kindlichen Szene und kommt auf uns zu:

«Bitte, das Stadion ist geschlossen.»

«Ich wollte es ihm nur zeigen, Monsieur, danke.»

Eng umschlungen stolpern wir zur Tiefgarage zurück, ich trage ein blaues Blumenkleid und er trägt ein leichtes weißes Hemd. Ich glaube, die Liebe lässt uns viel jünger aussehen, als wir sind. Zwischen unseren Autos schmiegen wir uns aneinander. Seit der ersten Begegnung sind zwei Monate vergangen, immer noch können wir einander nicht näher kommen, ohne dass sich unsere Körper magnetisch anziehen. Ich habe das Schamgefühl der anständigen Leute verloren. Ich habe eine Kühnheit, ja geradezu Wildheit in meinen Gefühlen für diesen Mann entdeckt. Er schiebt das Kleid hoch, unter dem mein Verlangen brennt. Er sagt:

«Dass du bei mir bist … ich verstehe dich nicht.»

«Keine Ahnung, es ist mir egal, es ist nicht schlimm.»

Immer wieder werde ich mich fragen, wie es dazu kommen konnte, dass es für eine junge, gebildete Frau in einem geordneten Leben möglich, ja sogar erstrebenswert ist, sich in einer Tiefgarage zwischen zwei Autos hinzugeben.

Genau in dem Moment, in dem er mich in der Tiefgarage verlässt, beginnt die Zeit des Wartens. Er steigt in sein Auto, ich stehe neben meinem. Ich stütze mich auf die Kofferraumhaube, wie um mich zu erholen, etwas betäubt von unserer Umarmung, berauscht von der Mischung von Sanftheit und Gewalt, und sehe ihm beim Ausparken zu. Er lässt die Scheibe runter, und da, in dem Moment, als er an mir vorbeifährt, die Hand am Steuer, den Ellbogen in der Fensteröffnung, beuge ich mich vor, um ihn zu küssen, unsere Münder heften sich aneinander, ich werde ihn wieder verlieren, aber bevor er losfährt, sagt er es, während er schon rollt, sich entfernt, er schreit es fast, wegen des Motorgeräuschs: «Wenn das noch ein Jahr so weitergeht, werde ich sie verlassen und dich heiraten.»

Genau da, als ich den Satz in seiner Bedeutung erfasse und er schon weiter weg ist, passiert es. Er hat mich nicht antworten lassen. Er beschleunigt an der Ausfahrtrampe des Parkhauses, und ich denke: «Ein Jahr, warten.» Ja, ich werde auf ihn warten. Warten, wie man atmet. Ganz ruhig, ohne es zu merken.

X + 13

Wir sind auf dem Land, zwischen Rennes und Nantes, wo, glaube ich, die Bretagne anfängt. Das *Pays des Fées* ist nicht weit. Wir haben uns ungefähr bei Châteaubriant getroffen, er kommt aus Angers, ich komme aus Nantes, beide im Auto, auf dieser gemischten Erde, in der die Sanftheit des Loire-Departements schwindet und der harte Granit auftaucht. Roch sitzt rittlings auf der Bank unter einer Pappel am See. Er ist an meinem Nacken und in meinem Haar, aber ich spüre seine Aufmerksamkeit, er hört mir zu. Ich habe ihm meine Gemäldepostkarten mitgebracht, ich wollte diese Bilder unbedingt mit ihm teilen. An der École du Louvre habe ich angefangen, sie zu sammeln. Man musste so viele Kunstwerke im Kopf haben, in einem Studienjahr sah man Hunderte, und bei der Prüfung zeigten sie uns vier davon, es gab fünf Punkte pro Bild, Top oder Flop. Ich fing an, überall, wo ich Gemälde oder Skulpturen sah, in Museen, bei Ausstellungen, in Städten, Postkarten zu kaufen. *Ruhe auf der Flucht nach Ägypten*, Michelangelo Merisi, genannt

Caravaggio, Galleria Doria Pamphilj, Rom, *Madame de Sennones*, Jean-Auguste-Dominique Ingres, Musée des Beaux-Arts, Nantes, *Pablo de Valladolid*, Velázquez, Prado, Madrid …

So habe ich in einer alten polierten Holzkiste Hunderte, vielleicht Tausende Postkarten von Gemälden gesammelt. Die Farbtreue variiert, man muss die beste Reproduktion des Werkes finden. Einige Verlage können es, andere nicht. Kataloge sind nicht das Gleiche. Die Karte heißt, das ganze Werk zu sehen, allein, isoliert von anderen, von Texten, Kommentaren. Da merkt man, ob es ein Gemälde ist, an das man denken wird, das man aus der Kiste holen und erneut anschauen will. Wenn dir nach dem Museumsbesuch das Werk im Format 10x15 nichts sagt, dann sagt es dir in Wirklichkeit gar nichts. Die Postkarte gibt nichts von den formalen Tricks, vom Spektakulären wieder, die Postkarte spricht von der Tiefe des Werks, von dem, was bleibt, was der Künstler sagen wollte. Das ist meine Art, durch die unendliche Landschaft der Kunst zu reisen. Ohne die Postkarten bin ich verloren. Ich versuche es Roch zu erklären, es ist mir wichtig, ihm das zu sagen, die Kunstbetrachtung nimmt einen wichtigen Platz in meinem Leben ein, und ich möchte gern, dass er das versteht. Ich hole ein paar Postkarten aus dem Umschlag. Es war eine ziemliche Arbeit, sie aus der Kiste auszuwählen, in der sie nach Künstlern sortiert sind, aber komischerweise ging es ziemlich schnell, ich hatte kein Problem, mit dem Aussuchen aufzuhören. Plötzlich wusste ich, dass ich fertig war, dass ich bereit wäre, wenn man einige Kunstwerke als Zeugen des menschlichen Genies vor der Apokalypse retten müsste. Ich zeige sie ihm: Hier, da sind sie, ich habe ihm ungefähr zwanzig Karten mitgebracht, das sind meine Lieblingsbilder, meine Herzensbilder. Er schaut sie aufmerksam an, lässt sie an sich vorüberziehen. Er will, dass ich sie kommentiere, also erzähle ich ihm, weshalb ich sie liebe. Er kennt fast keins dieser Bilder. Das ist mein geheimer Garten, meine Leidenschaft, er spürt vielleicht, dass ich ihm durch diese kleinen Vierfarbendrucke in einheitlicher Größe Zugang zu meinem Inneren gewähre. Der Schauer beim Anblick von Renoirs *Mädchen am Klavier*, schräg von hinten und mit schulterlangem Haar. Dabei ist es auf so vielen Konfektschachteln abgebildet. Ja, das da kenne ich, sagt er. Die Empfindsamkeit der Jungfrau in Tizians *Verkündigung* aus der *Scuola di San Rocco* in Venedig, der schwebende Engelsfuß auf einer grauen Wolke über den Bodenfliesen. Die Handbewegung von da Vincis *Johannes der Täufer* im Louvre, die perfekte Komposition der *Kreuzabnahme* von Rubens in der Kathedrale von Antwerpen, die unglaubliche Realität des Körpers Christi, die Farbe seiner Haut ... Er staunt darüber, wo ich überall war, die Bilder kommen aus verschiedenen Ländern. Er sagt, dass er noch nicht viel gereist sei, wegen der Kinder. Ich antworte etwas verschmitzt, dass ich auch mit Kindern reisen könne, er geht nicht darauf ein. Er ist ganz mit meinen Kommentaren zu den Postkarten beschäftigt, er will sie noch einmal sehen, bleibt bei einigen hängen, ich spüre, dass er sie auch mag, ich höre seine Meinung, sein Blick ist sensibel und scharf, anders als meiner, aber es entsteht eine große Vertrautheit zwischen uns um diese Bilder, eine tiefe Übereinstimmung. Sie vollzieht sich jenseits der Küsse und Berührungen, sie kommt aus dem Verständnis des anderen, dem Gefühl, beisammen zu sein, sich jemandem so sehr zu nähern, dass man ihn in sich, wie sich selbst spürt. *Ich liebe dich*, ich sage es ihm, er sagt es mir. Er nimmt mich in die Arme, um uns herum sind Leute an den See gekommen, um zu fischen, zu spielen, sich zu bräunen. Sonne und Schatten formen durch die Pappelblätter Flecken auf unseren nackten Armen, das Licht pulsiert auf unseren gierigen Körpern. Er schiebt seine Finger in mein halblanges, im Stil der achtziger Jahre eckig geschnittenes kastanienbraunes Haar. Ich habe es, seit ich zwanzig bin, nicht geschafft, meine Frisur zu ändern. Es ist Sommer, und ich trage ein rotes Kleid mit Blumenmuster und Prinzessausschnitt.

Während der ganzen Zeit des Wartens wird es Kleider geben, und jedes prägt einen Moment der Liebe. Es wird ein Tag kommen, wo dieses, das er so hübsch findet, aus der Mode kommt, aber das weiß ich noch nicht, ebenso wenig wie er. Die Abfolge der Kleider ist die Zeit der Frauen, ihre Saison, ihre Erinnerung. Man sagt: «Ich hatte dieses Kleid an», als könnten ein paar Quadratzentimeter Stoff Geschichte machen. Es sind Kleider, die prägen, nicht Röcke oder Hosen. Kleider erzählen die Frauen besser als andere Kleidungsstücke, weil ein Kleid zunächst einmal die Absicht bedeutet, hübsch zu sein, zu gefallen. Es gibt kaum ein unschuldiges Kleid. Ein Kleid anziehen, um sich zu schmücken, ein Kleid anziehen, damit er es auszieht. Nicht umsonst spricht man von kleidsam, ein Wort, dessen Existenz man allmählich vergisst und das ausdrückt, dass etwas zur Geltung gebracht wird. Das blaue Latzkleid mit weißen Blüten, das mich wie ein junges Mädchen aussehen lässt, das hautenge schwarze Kleid mit breiten, im Rücken gekreuzten Trägern, wie das auf der alten Bierwerbung, wo ein Mann von einer wunderbaren jungen Mutter phantasiert, das ich an dem Tag trug, als wir uns zum ersten Mal geliebt haben, einen Monat nach unserer ersten Begegnung, das rote Kleid mit gelben Blumen, das ich am See trage, das Hemdkleid mit anisgrünem Hahnentrittmuster und Bändchen-Ausschnitt, das Surferbrautkleid aus blauem Frotteestoff mit weißem Saum, so kurz, dass es schon unanständig ist, das schwarze Etuikleid mit Spitzenbesatz, das lange, raschelnde, komplizierte Kleid mit Spaghettiträgern, das weiße Hemdkleid aus Perkal, das ich im Baskenland gekauft habe, das grün-graue rückenfreie Tie-dye-Seidenkleid, das ich in der Salle Peyel trug, als wir uns nach einem viermonatigen Bruch wiedertrafen, das asymmetrische Kleid aus schwarzer Seide, das eine Schulter entblößt, das hatte ich am letzten Abend an, den ich mit ihm verbracht habe, das schwarze Wollkleid mit einem fuchsiaroten Trompe-l'Œil-Gürtel, das er scheel ansieht, seit wir Schluss gemacht haben, dieses Kleid hat er nicht berührt. Roch liebt meine Kleider, die Vielfalt ihrer Formen, Farben und Stoffe. Wenn ich im Kleid komme, gehöre ich ihm sofort, er schiebt seine Hände unter den Stoff, und ich bin nackt, oder fast, er sagt: «Ich liebe es, wenn du zugänglich bist, wenn eine Bewegung reicht, damit wir uns auf der Stelle lieben können, wenn es nicht umständlich ist, dich zu nehmen, auch ohne dich auszuziehen, ich liebe die Vorstellung, dass du wenig bekleidet und schnell entkleidet bist, das ist wie ein Geschenk.» Diese Freiheit, über alles zu reden, was uns verbindet, auch über Sex, hatte ich nie erlebt. Man sagt, sie komme aus der Vertrautheit, dem Zusammenleben, der Gewöhnung an den Körper des anderen und an seine Anwesenheit. Nein, das denke ich nicht, ich glaube, dass diese Freiheit nur selten zwischen zwei Menschen existiert, dass sie in der Beziehung, in den Worten, die sie wechseln, sofort oder nie da ist. Diese Freiheit wartet nicht, es heißt vom ersten Tag an ganz oder gar nicht. Vielleicht entscheidet sie schon beim ersten Mal, wenn man miteinander schläft, über die Zukunft des Paares. Werden sie es wagen, sich zu sagen, dass sie nach dem Körper des anderen verrückt sind, dass ihr Gefühl womöglich nur aus dieser Verrücktheit besteht, sich nur daraus nährt? Können wir im Schweigen diese Sicherheit, dieses Vertrauen finden, das aus der Gewissheit entsteht, Verlangen zu wecken? Ich liebe die Alkoven, in denen Flüstern, gemurmelte Worte, verlorene Sätzen rauschen. Wie sonst kann man diesem Akt, dieser kleinen Chemie der Schleimhäute Tag für Tag einen Sinn verleihen? «Ich liebe den Geschmack deiner Brüste, sie sind salzig», «du bist ein Teufelsweib, dass konnte ich nicht ahnen», Obszönitäten aussprechen, sagen, was der andere tun soll, damit du zum Höhepunkt gelangst. Ich erinnere mich an ein bewegendes Bild von Agnès Thurnauer, die die Malerei mit einem langen obszönen Text bedeckte, der ausschließlich aus Worten des Liebesakts bestand, ich erinnere mich an seine Anziehungskraft und daran, dass ich rot wurde, als ich ihn vor aller Augen las, mich aber nicht losreißen konnte. Bis zur Begegnung mit Roch waren mir Liebesworte fremd, Sexworte meine ich, diese Sätze aus Trivialität und Hingabe, die Mischung von roh und zärtlich, von Realem und Geist. Ich hatte vorher keinen Mann getroffen, dessen Stimme ein so vibrierendes Geflecht von Worten weben und mit der Stille und dem Blick vereinen konnte. Und ich lerne selbst. Unsere Liebe wird am Verschwinden der Worte sterben, an Rochs zunehmender Unfähigkeit, hübsche Dinge zu sagen, an seinem Schweigen. Am Tag X + 13 ist er redegewandt, und ich kann mir nicht vorstellen, dass er eines Tages verstummen könnte.

X + 41

Rose ist ein dickes, acht Monate altes Baby. Ich mag dicke Babys. Sie ist überall ein bisschen dick: an den Wangen, Armen, Schenkeln, am Bauch. Sie hat viele kleine Speckfalten an den Achseln, den Ellenbogen, der Hüfte, den Knöcheln. In meiner Familie sind wir alle dünn, deshalb empfinde ich diese Fülle an Körper als das Wunder einer unbekannten Natur, der Natur meines Mannes, der meine mit diesem leichten Übermaß gewürzt hat. Roses Appetit passt bestens zu ihrem Körper. Genau zur Essenszeit, obwohl sich noch kein dampfender Teller ankündigt, hebt Rose die Hände und bewegt gierig ihre winzigen Wurstfingerchen in alle Richtungen wie ein lustiges Marionettenspiel, das bald von kleinen Schreien begleitet wird, freundlich, aber entschlossen. Es gibt allerdings auch etwas an Rose, das sich der Rundheit entzieht und unter allen Umständen scharf und spitz bleibt, nämlich ihr Blick. Sie schleudert ihre gewittergrauen Augen auf ihre Umgebung und schießt je nach Stimmung freundliche oder wütende kleine Blitze in die Runde.

Sie sitzt neben mir auf dem Beifahrersitz, mit dem Rücken zur Straße, in einer dieser neuen Babyschalen aus Plastik, die sie vollständig ausfüllt. Sie hat gegessen und einen ausgiebigen Mittagsschlaf gemacht, nun beobachtet sie die vorbeihuschenden Bäume, Dächer, Strommasten, Werbetafeln. Die Sicht auf ihre Umgebung aus dieser Perspektive begeistert sie, und sie kommentiert alles mit zufriedenem Lallen. Ende August fahre ich für einen Tag in die Vendée zu meiner Mutter, um ihr das dicke Baby zu zeigen. Sie schwankt zwischen Begeisterung für diese Rundheit und einem Hauch von Missbilligung: «Hast du die Kinderärztin gefragt, ob das normal ist? Sollte man nicht ein bisschen aufpassen?» Zum Teufel mit der Zurückhaltung. Ich antworte: «Kein Problem, warte erst mal ab, bis sie läuft.» Dieses Gewährenlassen des dicken Babys, des kleinen munteren und zufriedenen Buddhas, kommt mir gelegen, ich trage meine Tochter wie eine gutartige Sünde, eine Sünde durch Unterlassung.

Nach kurzem Zögern habe ich beschlossen, dass ein Rendezvous möglich ist. Roch verbringt seine Ferien in dem kleinen lebendigen, aber reizlosen Hafenstädchen Saint-Gilles-Croix-de-Vie. Ich habe neulich das Schild auf der Brücke fotografiert, die man aus Achtlosigkeit verfehlen könnte; die Stadtverwaltung hat sie auf beiden Seiten mit Begonienschalen verziert. Darunter fließt der Fluss, die *Vie*, das heißt das Leben. Ist es das, das Leben? Ein sprudelnder, nicht sehr tiefer, von der Regelmäßigkeit der Gezeiten gewiegter Wasserlauf, den man von einer mit naiven und hübsch arrangierten, farbenfrohen Blumen geschmückten Brücke aus betrachten kann, die Wirbel und das Widerstreben des Stroms, der sich in wenigen hundert Metern in den Ozean ergießt? Das Wasser unter der Brücke wirkt gepeinigt, verärgert, man könnte denken, es zögere und leide, ehe es im großen Bad des Atlantiks stirbt. Ich bekomme nicht genug von dieser philosophischen Brücke, die von der Masse der Passanten in Shorts und Flipflops ignoriert wird.

Während meine Mutter ihre Einkäufe macht, habe ich also beschlossen, dass ein kurzes Treffen mit Roch denkbar wäre, und ihn auf seinem Mobiltelefon angerufen. Wir treffen uns an der ersten Kurve der Küstenstraße, hinter dem kleinen Strand am Hafen. Vorher fahre ich bei ihm vorbei, ein großes Vorkriegshaus mit baskenroten Fensterläden an der Rückseite des Hafens, eine unauffällige Fassade, durch das große Fenster sehe ich kurz einen rothaarigen Kopf, den seiner Tochter. Ich bringe es nicht fertig, vor dem Haus anzuhalten, um in Ruhe zu schauen. Die Voyeurin in mir unterliegt der Schüchternen und der Schuldbewussten, mein Herz rast. Daher kommt die Gefahr, von dieser einladenden, gedämpften und, wie ich ahne, perfekt geordneten Privatsphäre. Der Motor meines Autos bremst ab und beschleunigt wieder, als wäre nicht ich es, die ihm den Befehl dazu gibt, und ich setze meinen Weg fort. Rose wirft mir einen kurzen, verblüfften Blick zu, dann bricht ihre graue Iris wieder zur Eroberung der Welt auf.

Wir kommen zu der Kurve, die Reifen quietschen auf dem Splitt des Parkplatzes. Er ist schon da, in seinem großen Familienauto. Ich stelle mir Fahrräder, Strandsachen, das Surfbrett im Kofferraum vor. Er steigt aus und kommt mir strahlend entgegen, in Shorts und Bootsschuhen, ich bin es nicht gewöhnt, ihn im Wochenendaufzug zu sehen, dieser Look ist nicht für mich. Er sieht unglaublich entspannt aus nach diesen paar Ferientagen, weit weg von der Firma und ihren Zwängen. Er hat mir erzählt, wie angeregt und gesellig der Aufenthalt mit Familie und Freunden hier immer ist. Seine Worte aber sind für mich – Du fehlst mir –, er presst mich an sich. Dann bemerkt er das Baby im Auto und geht hin, öffnet die Tür. Ich weiß nicht, warum, aber plötzlich habe ich Angst, dass sie anfängt zu brüllen. Nichts dergleichen. Sie sehen sich aufmerksam an. Rose schenkt ihm einen scharfen Blick und ein Begrüßungslallen.

«Rose ist gut in Form, wirklich ...» Ein bisschen spöttisch, als sei es meine Aufgabe, etwas besser auf ihre Ernährung zu achten.

«Ich weiß.» Er merkt, dass mehr nötig ist, um mein gutes Gewissen ins Wanken zu bringen.

Dann schaut er sich um: «Wir müssen woandershin, hier kommen ständig Leute vorbei.» Wir setzen uns beide wieder ans Steuer, ich folge ihm durch ein Gewirr von Gassen parallel zur Küstenstraße und überwache mit einem Auge meine Tochter, die in ihrer mit blauweißer Seersucker-Bettwäsche gepolsterten Schale an einer Klapper saugt. Ich glaube, ich habe sie sogar besonders sorgfältig angezogen, damit er sie von ihrer schönsten Seite sieht. Mutterstolz, der Wunsch, ihm zu zeigen: «Siehst du, was ich nebenbei mache, ist auch gut.» Warum ist mein Kind bei mir? Hatte ich wirklich keine Wahl, weil meine Mutter ihre Einkäufe erledigte? Ich weiß es nicht mehr.

Ich wollte sie ihm ganz sicher zeigen, ein bisschen wie eine Trophäe. Aber warum? Aus Stolz. Das kommt mir plötzlich kindisch vor. Eine erwachsene Mutter würde das nicht machen. Ich bin verrückt, oder?

Die niedrigen Häuser breiten ihr Weiß und ihre adretten Gärtchen auf beiden Seiten der kleinen Straßen aus. Hier gibt es nur Familie, Urlaub, Kinder auf sonnengeröteten Schultern, großes Vespermahl mit Brioche und Konfitüre, kleine Grundstücke am Meer, die man erbt und von einer Generation zur anderen weiterreicht, im gewissenhaften und rührenden Bemühen, eine Tradition fortzusetzen, persönliche Gewohnheiten zu übermitteln, zu ritualisieren, etwas vom vertrauten Familienleben zu bewahren und diese Bindung besser als mit Worten auszudrücken: mit Dingen, Mauern, Gärten. Am Steuer meines Autos bin ich plötzlich Schneewittchen im feindlichen Wald. Die Häuschen sehen mich an wie einen Eindringling, wie diejenige, die die Harmonie des Ortes stört, die Abläufe und die erbarmungslose familiäre Logik durcheinanderbringt.

Rose in ihrer Schale ist ruhig.

Roch hält im Schatten einer Pinie an einem der letzten noch nicht bebauten Grundstücke, abseits der Häuser. Ich bin ihm dankbar für diese Diskretion. Ich lasse die Autotüren weit offen, damit die Luft um die Kleine zirkuliert. Es ist ein schöner Spätnachmittag, die Meeresbrise liebkost die Schale auf dem Vordersitz. Wir entfernen uns vorsichtig, um aus Roses Blickfeld zu verschwinden, ohne sie zu erschrecken.

Seine Umarmung ist fest, wie jedes Mal, wenn wir uns

einige Tage nicht gesehen haben. Zwischen den Küssen haben wir uns viel zu erzählen. Ich denke an unsere Stimmen, die, unterbrochen von der Stille unserer Küsse, an Roses Ohr dringen. Sie sagt nichts, lauscht und sieht zu, wie sich die Äste der Schirmpinie im Wind wiegen.

Als uns das hohe Gras versteckt und seine Liebkosungen zielgerichteter werden, überkommt mich im letzten Moment mütterliche Scham, ich halte an der Schwelle zum Orgasmus inne. Er ist überrascht. Ich sage: «Es ist etwas zu familiär hier.» Er lächelt halbherzig, versteht; «es» meint gleichzeitig die Anwesenheit des Kindes und dieses Viertel kleiner Villen mit rosa Ziegeldächern und grünen oder blauen Fensterläden in winzigen, jedes Jahr zu Saisonbeginn gejäteten Gärtchen voll Mimosen und Tamarisken; und hinter jeder der alle fünf Jahre frisch gestrichenen Türen ein eifersüchtig gehütetes Stück Familiengeschichte. Er ist weder enttäuscht noch verärgert, schüttelt sich wie ein großes Tier und taucht aus der Betäubung auf, in der wir versunken waren. Wir plaudern noch ein bisschen im Gras, dann legt sich Stille zwischen uns, schwer von Fragen, die wir nicht stellen.

Und da dringt aus dem offenen Auto ein erster Schrei zu uns, klangvoll und energisch, wie ein Ruf, gefolgt von anderen, noch entschlosseneren, die eine Antwort erwarten. Ich springe auf, renne hin. Ich sehe die kleine Rose bei meinem Anblick erstrahlen. Aber über mir taucht ein anderer, unbekannter Kopf in der Türöffnung auf. Sie starrt ihn an, zieht in offenkundigem Protest ihre winzigen Brauen hoch. Ihre dunkelgrauen Augen richten sich furchtlos auf seine, aus ihrem fröhlichen Lallen wird ein

Murren. Sie weint nicht, sie schimpft! Da ist sie, die Missbilligung, die ich erwartet hatte. Er zieht mich aus Roses Blickfeld, packt mich am Arm und sagt:

«Das ist Verdun.»

«Wie, Verdun?»

«Das ist Verdun, das Baby aus *Wenn alte Damen schießen* von Daniel Pennac, die Kleine, die jeden mit ihrem lodernden Blick durchbohrt.»

«Äh … ja, natürlich.»

Zurück in Nantes, lese ich die Seiten von Pennac über Verdun und mustere dabei Rose, die ganz hingerissen an einem Löffelbiskuit knabbert. Babys im Schalenalter sind stark.

Das Warten ist wie die Mündung eines langen, trägen, gewundenen Flusses, der zu groß geworden ist und Mühe hat, sich zu bewegen. Widerwillig fließt es einem Ende entgegen, zögert, sich ins Meer zu ergießen. Es bildet Strudel und tote Arme, verliert sich in Sümpfen. Es ist wie die Loire.

Das Warten ist zweifach. Es ist das Warten auf den Anruf und die SMS, die augenblickliche Verfügbarkeit auf ein Signal hin. Unter dieser Oberfläche liegt eine tiefere und dunklere Strömung, das Warten auf die endgültige Entscheidung, es ist wie die Brandung und wiegt dich mit seiner Unwandelbarkeit.

Das Warten ist eine Geschichte von sich erlauben und sich verbieten. Das Warten ist beherrschend. Man unterwirft sich ihm, seine Belanglosigkeiten werden zum Zwang. In seinem Namen verzichtet oder akzeptiert man. Das Warten ist erholsam, denn es annulliert jede Wahlmöglichkeit. Alles, was man zu tun hat, ist warten. Das Warten verhält sich wie ein strenges und unerbittliches Auswahlverfahren für die Eventualitäten des Lebens.

Das Warten ist Ablenkung. Das Warten ist wie Paris Match

lesen und beim Arzt endlos die Zeichnungen von Kiraz in den alten Jours de France-*Heften ansehen, ehe die Tür zu der weißen Gestalt aufgeht, die die Diagnose verkündet.*

Das Warten ist Leben in ruhiger Ahnungslosigkeit, in der Sorglosigkeit dessen, der noch nichts weiß.

Das Warten ist auch ein Spiel. Beim Warten lenke ich mich vom Gegenstand des Wartens ab.

Das Warten ist fesselnd, denn es nimmt mich in Anspruch, beschäftigt mich ganz und gar.

Das Warten verhält sich physikalisch wie eine Flüssigkeit. Es besetzt allen Raum, den man ihm gibt, also das gesamte Volumen der Existenz.

Das Warten täuscht seine Welt, es stiftet Verwirrung. Seine Zeitskala ist anders. Ein Leben könnte ihm nicht reichen. Es ist in einer anderen Zeit. Es ist gierig nach Zeit, es verschlingt sie. Beim Warten geschieht so wenig, dass es sich nur in der Dauer, in Monaten und Jahren wohlfühlt.

Geschwindigkeit und Hast sind seine Feinde. Das Warten nimmt sich Zeit. Das Warten ist nicht von diesem Jahrhundert.

X + 150

In Angers wohnt er seit einiger Zeit in der Nähe des Château du Roi René. Er lädt mich zu sich ein, die seltenen Male, wo *sie* nicht da ist. Beim ersten Mal denke ich, es sei nicht möglich, den Fuß in den heiligen Horst des legitimen Paares, in den Tempel des Ehelebens zu setzen. Dagegen steht die Vorstellung, dass dieser Ort, wenn er mir Zugang dazu gewährt, in seinen Augen keinen absoluten, unverletzlichen Wert haben kann. Ich kann diesen Ort betreten, weil ich für Roch mehr Gewicht habe als der Schwur, den er seiner Gattin geleistet hat. Die Logik einer Verliebten findet Wege, die die Vernunft nicht kennt, aber in ihren Augen ist diese Logik so unfehlbar, dass sie Skrupel und Fragen geradezu magisch annulliert. Im Warten entwickelt sich die Logik der Verliebten mit unübertrefflichem Spürsinn.

Er will mich dorthin kommen lassen, weil er denkt, dass das Haus etwas von ihm erzählt.

«Kenne ich dich nicht gut genug?»

«Nein, nicht, solange du dieses Haus nicht kennst.»

Bevor wir eintreten, trifft er die rituellen Vorsichtsmaßnahmen des Ehebruchs, falls sie doch da ist, falls sie zu Hause geblieben ist, getrieben von einer Vorahnung oder vom Zufall: ein Klingeln, der Ruf eines Vornamens, der nicht meiner ist. Ich höre ihn noch in dem großen Treppenhaus hallen, das als Foyer dient.

Es ist ein sehr schönes Haus, bürgerlich und vornehm. Das Einfamilienhaus einer alten Familie aus Angers, Stadträte oder Ärzte, das Heim einer verarmten Dynastie, die gezwungen war, ihren Platz für einen Unternehmer der neuen Zeit zu räumen. Ich liebe es sofort, weil es ihm widersteht. Ich sage es ihm noch nicht. Es erzählt nicht alles von ihm, auch nicht von der Frau, die an seiner Seite lebt. Es lässt sich mit Anmut, aber ohne Unterwerfung auf die Aneignungsversuche der neuen Bewohner ein. Es ist schön wie am ersten Tag, gleichgültig und keineswegs verletzt von der Invasion des zeitgenössischen Designs, mit dem man es jetzt schmückt.

«Bist du sicher, dass du es bewohnst?»

Er versteht und überlegt: «Nein, noch nicht, ich versuche es.» Ich glaube, niemand stellt ihm solche Fragen. Wegen seines Satzes im Saupin-Stadion kommt mir in den Sinn, dass ich ihn ein bisschen durch meine Fragen beherrsche.

Ich sage ihm, dass sich manche Orte nicht einnehmen lassen, dass sie stärker sind als die Menschen. Deshalb nennt man ein Haus auch eine Bleibe, weil es bleibt, während man selbst kommt und geht.

Er führt mich durch das Haus wie ein Führer in den

Familienschlössern der Provinz: Das ist das Speisezimmer, hier der große Salon, dort das Schlafzimmer der Eigentümer, das wir nicht betreten. Bitte, er wahrt einen letzten Respekt für das Allerheiligste, den *Naos* seines Ehelebens, an dessen Schwelle die Besichtigung endet.

Ein einziges Zimmer hat der Restaurationswut widerstanden, das Gästezimmer, und da werden wir heute Nacht schlafen. Mir gefällt dieses große Zimmer von früher, es wird von einem alten Schrank beherrscht, den man begehen kann, wie ein Dojo. Auf dem Nachttisch thront eine Skulptur aus den dreißiger Jahren, eine Frau mit Hunden an der Leine, sie ist das Einzige, was er von seinen Eltern hat. Ihn rührt diese kleine, jungenhaft frisierte, von heißblütigen, kräftigen Hunden mitgezerrte Frau, die ihren Hut und die Leine in einer Regung festhält, um dem Schwung der Hunde zu widerstehen, ohne etwas von ihrer Eleganz einzubüßen. «Du ähnelst ihr», sagt er. Ich antworte: «Wovon werde ich mich mitzerren lassen? Von dir? Und wo finde ich die Kraft, zu widerstehen?»

Die verblichene Blümchentapete verbreitet eine altmodische Süßlichkeit. Die vom Duft nach Puder und altem Holz geprägte Atmosphäre berührt mich, sie umhüllt unsere Körper mit Wehmut. Wir lieben uns auf seinem Studentenklappsofa, und er erzählt mir sein Leben nach dem Abi, das Jahr des gescheiterten Medizinstudiums und der gelungenen Feten, dann seine Entscheidung, eine Handelsschule zu absolvieren. «Ich behalte das Sofa, das Klappbett meiner verlorenen Jugend, nur, um mit dir zu schlafen.» Da er zehn Jahre älter ist als ich, denke ich, dass meine Jugend auch eine Antwort auf die Frage im

Saupin ist, und werfe es ihm vor, wir lachen leise, und er schläft ein. Er schläft immer vor mir ein; ganz plötzlich und ohne Vorwarnung verlässt er mich, während mich die Gedanken bestürmen und endlos um einen Gedanken kreisen: Das ist mein Mann, der, den ich noch nicht getroffen hatte, und der mir trotzdem gegeben wurde, etwas spät ist besser als nie. Wir haben beide etwas anderes angefangen, aber in diesem Zimmer sehe ich es nicht. Dieses Zimmer gehört den früheren Bewohnern, sie mögen mich gern, die Stadträte und ihre Geister, sie applaudieren meinem Hexentanz auf dem Bauch meines Liebhabers und meinem nächtlichen Lustschrei.

Durch das offene Fenster dringt das Rauschen des Windes, der die Herbstblätter fortträgt. Das Haus entspannt sich, ich höre es knirschen. Es wartet auf seine Stunde, es auch.

In den ersten Jahren des Wartens warte ich jeden Tag auf seinen abendlichen Anruf, auch wenn er mich tagsüber zehn- oder fünfzehnmal angerufen hat. Am Anfang habe ich noch kein Mobiltelefon, das gibt es praktisch noch nicht. Er arbeitet viel, deshalb ruft er gegen halb acht oder acht an. Um diese Zeit erwarten mich meine Töchter zu Hause. Ich aber warte im Büro auf seinen Anruf. Sehnen sich die Mädchen halt etwas länger nach ihrer Mutter. Macht nichts, bringe ich sie halt später ins Bett, wir werden uns anpassen, sie gehen nicht in die Krippe, ein Kindermädchen kommt nach Hause, sie können am nächsten Morgen länger schlafen, das kriegen wir hin. Das Telefon klingelt, das Gespräch ist honigsüß, er hat schon ein Autotelefon, und ich höre ihn nach Hause fahren. Es kommt der Moment, wo der Motor verstummt. Er ist vor seinem Haus angekommen. Er bleibt im Auto, um weiter mit mir zu sprechen. Er sagt, ich leg auf, nein ich, nein du. Dann fliehe ich, wie aufgeladen rase ich durch die Stadt, um nach Hause zu kommen, mich um die Kinder zu kümmern, parke vor dem Haus, einfach auf dem Bürgersteig, mein Mann ist *schon da, ich küsse ihn im Vorbeifliegen, ich fühle mich unterirdisch, total verrückt, ich rede hastig, das Kindermädchen, dem ich noch etwas Wichtiges sagen wollte, ist schon weg, ich bin gespielt fröhlich, ich habe das Gefühl, eine Ladung Kokain geschnüffelt zu haben, mein Herz hämmert im Brustkorb, die Kleinen sind im Pyjama, sie flattern um uns herum, während wir hastig essen, er hat alles vorbereitet. Und endlich ist es Zeit für die Geschichte, für jede der Kleinen lese ich eine andere, eine nach der anderen, die Bücher und die Köpfe meiner Kinder an meiner Schulter sind das Einzige, was mich ein bisschen beruhigt. Ich krieche in die Betten der Mädchen und versinke in unverhoffter Wonne. Gierig dringe ich in die Geschichte ein, bin ganz und gar in diesen Märchen- und Legendenworten. Ich lese, und die Mädchen im wolligen Stoff ihrer rosa-blauen Morgenmäntel sind über mir, liegen mit ihrem ganzen Gewicht auf meiner Brust, und ich spüre, wie ihr kleines Leben an mir pulsiert und dass dieses Gefühl das Wichtigste ist, dass es mich überschwemmt und meine Sorgen verdrängt, dass die Lüge, die Vorsichtsmaßnahmen, die Verstellung in mir weichen. Ich lese, und sie hängen an mir, ich lese, und es ist eine Macht, es ist etwas zu warm, und es ist so gut, während ich lese, sehe ich ihre Locken an ihren Stirnen kleben, und ich atme den Geruch ihrer von leichtem Schweiß feuchten Schläfen ein, ihr Duft ist für mich eine Droge, so süß und so harmlos. Danke, Perrault, danke, Andersen, danke, Walt Disney, danke, Maisy Mouse von Lucy Cousin, danke, Neuausgaben der alten Martinebände, danke, Fliege und Maus, danke, Blut, von meinem Blut, dass ihr Mama aus der Patsche helft, danke, dass ihr sie mit euren großen liebenden Augen schnappt, danke, dass ihr sie nach Hause*

Hause Hause bringt, danke, dass ihr sie bittet, noch mal zu lesen, die Geschichte ist so gut, vor allem diese Seite, Mama, bleib bei uns, Mama, Mama, noch mehr!

X + 237

Zwischenfall. Paul hat gemerkt, dass ich in die Garage gegangen bin, um zu telefonieren. Er kam ein paar Minuten nach mir runter und sah mich an unserem schnurlosen Telefon kleben. Ich habe auf der Stelle den Ton gewechselt und das Gespräch ganz unschuldig beendet. Paul habe ich erklärt, dass ich runtergegangen sei, um meinen Chef anzurufen, weil er immer sauer werde, wenn ich spätabends noch mit ihm telefoniere, und dass es ganz wichtig gewesen sei. «Ach so, ja …» Er hat mich ungläubig angesehen und sich total zurückgezogen, er war seiner Sache sicher. Dann hat mein Chef wirklich angerufen, weil wir eine dringende Sache klären mussten, ich habe ein «Das habe ich dir doch vorhin gesagt» eingeflochten, als spielte ich auf unser letztes Gespräch an, und Paul hat mich aus dem Augenwinkel beobachtet, immer noch misstrauisch, aber schon mit einem Zweifel oder vielmehr dem Wunsch nach Normalität in seinem Blick. Er hat sich entspannt, und ich habe trotz meiner Aufregung so getan, als sei es ein ganz normaler

Abend. Er ist früh ins Bett gegangen, und als ich nachkam, schlief er.

Endlich. Es ist passiert. Ein Fehler. Es möge mir eine Lehre sein. Ich habe gezittert, aber gut reagiert. Ziemlich gut, glaube ich. Morgen schlägt die Stunde der Wahrheit. Mich beruhigt nur, dass Fehler möglich, aber korrigierbar und nicht das Ende der Welt sind. Ich muss künftig vorsichtiger sein.

Pauls Wahrnehmung ist fein, fast weiblich. Er hat auch eine beachtliche Fähigkeit, sich zu verstellen, ist viel begabter beim Lügen, als ich am Anfang war, weniger unbeholfen. Er hat in seiner Kindheit gelernt, dass man lügen kann, während meine Eltern mir eingeimpft haben, es sei unmoralisch. Aber seit dem Beginn meiner Liaison bin ich in permanentem Alarmzustand, so groß ist mein Verlangen, diese Leidenschaft weiter auszuleben, vorerst ohne meine Ehe zu gefährden. Ich entdecke eine berechnende und egoistische Seele in mir. Ich bin wie ein Kind, das ein zu großes Geschenk aufgemacht hat, das nicht für es bestimmt war, und fest entschlossen ist, es zu behalten, wenn es sein muss, auch heimlich. Innerhalb weniger Tage habe ich gelernt, Paul etwas vorzuheucheln. Ich staune selbst, wie gut ich es beherrsche. Nur auf einem Gebiet funktioniert es nicht: im Ehebett, im Liebeslager. Die Heuchelei steht mit zusammengepressten Beinen vor dem Bett und hilft mir nicht weiter. Eine unüberwindbare Steifheit hat sich in meine Umarmungen mit Paul geschlichen. Er hat es schon bemerkt. Vielleicht hat ihm das den Floh ins Ohr gesetzt. Angeblich können die Frauen gut spielen. Den Orgasmus sicher, nicht aber das

Verlangen. Nicht besser als die Männer. Es gibt ein Tabu, das ich vorläufig nicht brechen will: mit Paul schlafen und dabei an den anderen denken. Ich weigere mich. Ich habe das Lied von Dido (*when she lays in your warm arms, baby, don't think of me*) im Kopf und verjage die Bilder, die mein Gehirn bestürmen. Irgendwann werde ich wohl auch dieses Tabu zum Teufel jagen. Das kommt mir vor wie der allerletzte Verrat. All die kleinen Erbärmlichkeiten, die ich mir jeden Tag leiste, um den Anschein zu wahren, sind harmlos, gemessen an dieser letzten Kapitulation der Ehrlichkeit. Nein, ich kann mich nicht durchringen, mir so meine Ruhe zu erkaufen.

X + 238

Nichts. Alles ist normal. Paul zweifelt nicht mehr. Oder er zeigt es nicht.

X + 322

«Wir fahren zur Pointe du Raz und schlafen im Hôtel de l'Iroise, bevor es plattgemacht wird.»

«Wird es abgerissen?»

«Ja, bald.»

«Ich erinnere mich gar nicht an das Hotel.»

Ich habe nur die entfesselten Naturgewalten vor Augen.

Roch sieht mich verständnislos an.

«Dann warst du nie an der Pointe du Raz!»

«Doch, ich schwöre es. Kein Hotel gesehen.»

«Unmöglich …»

Wie konnte ich das Hôtel de l'Iroise nicht bemerken? Er ist fassungslos.

«Das ist das Schönste an der Pointe du Raz, reine Poesie», sagt er, «dieses kleine Haus in der Heide. Ohne das Hôtel de l'Iroise wird es an der Pointe du Raz nichts Menschliches mehr geben, nur noch rohe, harte Natur.»

«Vielleicht verdient sie es, ihre Ruhe zu haben.»

«Du wirst schon sehen. Ich fahre mit dir hin.»

Erneut die unerträglichen Momente, um die Lüge zu organisieren. Was wir auf der Arbeit und zu Hause erzählen, Kohärenz, Entgegnungen für mögliche Nachfragen, Logistik.

Dann kommt die Reise, an einem Juninachmittag. Bis zur Pointe du Raz ist es weit, man nimmt alle Straßenkategorien, die auf der Michelinkarte verzeichnet sind, von der Autobahn bis zum Feldweg, man verlässt die Welt, fährt sogar an der Baie des Trépassés, der Bucht der Dahingegangenen, vorbei.

Wir kommen lange vor Einbruch der Dunkelheit an. Roch stellt das Auto auf den Parkplatz neben einem großen modernen Gebäude. Er wirft sich den Rucksack, in den wir unsere paar Sachen gepackt haben, über die Schulter und gibt mir die Hand. Ich finde ihn schön, mit der Energie des Vierzigjährigen, dieser Sonnenkraft, die ihn stets erfüllt, bei der Arbeit und in seiner Beziehung zu anderen. Mittelmeerblut hat sich mit der Milde von Bordeaux und einer athletischen Statur gemischt, er ist unwiderstehlich. Es gibt viele, die ihm mit weiblicher Lust nachschauen. Neulich sagte eine Kollegin, ohne von unserer Liaison zu wissen, zu mir: «Er ist sicher gut gebaut, glaubst du nicht?»

Er ist so begeistert, mich zu seiner Pointe du Raz mit dem Hôtel de l'Iroise als Ausguck zu bringen, dass er alle zwanzig Meter stehen bleibt und mich umarmt, bis meine Knochen knacken.

Nach ein paar hundert Metern taucht das Hôtel de l'Iroise auf, merkwürdig klein, nicht wie eine Herberge. Es steht eher demütig da, gibt sich ganz bescheiden, um die Elemente in ihrer Wildheit nicht zu stören. Die Götter dulden es und sind ihm dankbar für seine diskrete Existenz. Ich verstehe die Umweltschützer nicht mehr, die seinen Abriss verlangt haben. Es hat so viel Charme, dieses winzige Haus auf dem Granit, das sich festklammert, um nicht wegzufliegen. In ein paar Jahren wird man weiter unten einen Eingang zum Naturpark nach amerikanischer Art errichten und nichts gewonnen haben.

Im Hotel führt uns eine alte Dame mit weißem Haar und sehr blauen Augen eine kleine Treppe hinauf in ein ganz einfaches Zimmer mit Waschbecken, Blümchentapete und dunkelblauen Vorhängen. Das ist ein Durchgangsort, ein Ort der Reise, ein Spukschloss, vor uns beherbergte es so viele andere. Neugierige, die sich in die Achterbahn des Meeres und der Wellen begaben, verlorene Dichter in der Heide, Verrückte, Vagabunden, Verzweifelte, Verliebte wie wir.

Draußen redet er von meinen Sommersprossen in der untergehenden Sonne. Weit weg, kurz vor Amerika, hängt die große orangerote Scheibe am Horizont. Er ist glücklich, mich hierher gebracht zu haben, an die Spitze, nach Penn-ar-Bed. Es passiert etwas, wenn man an den Rand tritt. Das ist ein besonderer, ein uralter Moment der Liebe, zwei Menschen in der für sie zu großen und zu feindlichen Natur, allein und mächtig, weil in ihnen der Lebensstrom fließt und sie weitermachen, gedeihen, sich fortpflanzen können. Ich sage zu ihm: Du hast diesen Moment schon einmal erlebt, stimmt's? Er sagt nein, niemals. Und du?, fragt er mich. Nein. Ich lüge ihn an, wie er mich angelogen hat. Das ist nicht schlimm. Vielleicht sind wir alle dazu geschaffen, diesen Moment mehrmals zu erleben. Vielleicht gibt es die Glückspilze und die Pechvögel, wie bei der Lotterie. Ich bin in seinen Armen, aber plötzlich ist mir so kalt, dass wir ganz schnell zurückmüssen. Er nimmt meine Hand, und wir rennen wie Kinder durch die Heide bis zur großen Crêperie am Parkplatz. Später kehren wir, berauscht vom Cidre, in das kleine Hotel zurück, wo die Nacht uns gehört, den mit Liebe Gesegneten.

Am nächsten Morgen frühstücken wir im Hotel, Kaffee, Brot und gesalzene Butter. Mit der Dame sprechen wir über ihr bevorstehendes Fortgehen, die Vertreibung. Sie ist nicht einmal verbittert, sie hat das Rentenalter lange erreicht, sie mochte die Reisenden, sagt sie uns, sie hat sie alle gesehen, die Kleinen und die Großen, die Starken und die Schwachen, alle sind sie gekommen. Sie kehrt mit einem Geschirrtuch um die Taille in ihre Küche zurück und sagt im Gehen: «Jetzt warten wir.»

X + 498

Ich habe X + 365 verstreichen lassen. Wann war das? Ein Jahr. Es ist zu schnell vergangen. Wir hatten gar keine Zeit, uns für die Zukunft zu organisieren. Wenn ich recht überlege, fühlte ich mich auch noch nicht ganz bereit. Außerdem waren wir die ganze Zeit zusammen, er konnte mir nicht mal fehlen.

Er kommt zwei, drei Mal in der Woche zu mir, er ist mein Kunde, ich arbeite für ihn, also haben wir genug Gelegenheit, uns zu treffen. Wir tun unseren jeweiligen Unternehmen gut: Die Beziehung motiviert uns, besser, mehr zu arbeiten, wir setzen alles daran, bei einer Sitzung vor dem anderen zu glänzen, wir überraschen uns dabei, uns vor den Kollegen gegenseitig zu bewundern. Und es funktioniert. Meiner Firma ging es noch nie so gut, die Energie unserer Beziehung bekommt ihr. Roch liebt den Erfolg und die Leichtigkeit, mit der er ihm zufällt. Früher war die Arbeit für mich schwierig, aber seit mein Hauptkunde auch mein Liebhaber ist, vollbringe ich Wunder. Kein Kunststück, könnte man meinen. Aber nichts da mit der Beflissenheit, die man dem König Kunden schuldet, ich leiste häufig Widerstand: Ich gebe keinen Standpunkt, keinen Kostenvoranschlag auf, ich argumentiere und wehre mich, wenn ich weiß, dass er unrecht hat. In der Firma heißt es, dass noch nie jemand diesem großen Kunden Paroli geboten habe, und das gefällt mir. Das ist meine ganz persönliche Art, mit dieser Situation umzugehen: Seit mehr als einem Jahr habe ich ein Verhältnis mit meinem Kunden. Irgendwann werden wir das ändern müssen. Sicher ahnen die Kollegen etwas, es gibt Gerüchte, aber weil das Geschäft brummt, kann niemand etwas sagen. Ich habe das Sagen, ich reiße mein Team aus der Lethargie und führe es in ein beispielloses Abenteuer. Ich verausgabe mich ohne Rückhalt, also machen sie mit. Ein, zwei Schwächlinge haben wir unterwegs verloren, aber die meisten meiner zehn Mitarbeiter folgen meinem Tempo. Roch stimuliert mich. Auch ganz objektiv gesehen wäre er dumm, dieser hochmotivierten und von meinem betäubenden Eifer mitgerissenen Truppe nicht noch mehr Aufträge anzuvertrauen. Ich sorge dafür, dass seine Entscheidung für unsere Firma jederzeit zu rechtfertigen ist, man kann ja nie wissen.

Wir kommen in seinem Auto von einem Meeting zurück. Ich sitze neben ihm. Es ist dunkel. Er fährt schnell und zerreißt die Nebelschleier über den Sümpfen bei Saint-Philbert-de-Grandlieu. Sein Auto ist im Laufe der Zeit zum Ort unserer Umarmungen geworden, ein privater und mobiler Raum, den wir uns vertraut gemacht haben und dessen Möglichkeiten wir bis ins Letzte erkunden. Meine bloße Anwesenheit auf dem Platz neben ihm erotisiert ihn. Ich habe seinen Penis aus der Hose geholt und streichle ihn. Ich spüre, wie er das Becken in den Sitz drückt, aber er fährt nicht langsamer. Mein Kleid ist bis zur Taille hochgeschoben, das aufgeknöpfte Dekolleté entblößt meine Brüste. Er hat die Finger zwischen meinen Beinen und stöhnt vor Lust. Wir rasen durch Nacht und Nebel, er lässt das Lenkrad los. Ich schreie, er hält an, wir stürzen uns aufeinander. In der Dunkelheit des von unserem Atem beschlagenen Innenraums lauern wir auf den Orgasmus, wir waren schon so nah dran, dass es nicht lange dauert. Wir bleiben einen Moment so und warten auf das Ende, das Abebben. Er wiederholt meinen Namen, Marie, Marie, Marie, er ist zugleich glücklich und verzweifelt. In diesem Ruf vernehme ich etwas Neues: Angst. Als die Erregung nachlässt, ist er ganz verstört. Ich sehe seine entsetzten Augen die Nacht durchbohren, einen Moment lang starrt er mich an, als wäre ich der Satan. Der Nebel umschließt uns mit seinen wattigen Armen. Endlich kommen wir zur Ruhe. Wir fahren auf der kurvigen Straße sehr schnell in die Stadt zurück, und plötzlich steigt Übelkeit in mir auf, die ich mit übermenschlicher Anstrengung unterdrücke. Ich will mich nicht übergeben.

Angst vor der Fortsetzung. Angst vor dem, was man vielleicht irgendwann tun muss. Im Warten lauert die Angst. Ich glaube, sie wird Roch nicht mehr verlassen. Die Angst hat begonnen, als er merkte, dass er sein Versprechen von einem Jahr nicht gehalten hat, dass er es zu schnell gegeben hatte. Angst, dass seine Frau ihm auf die Schliche kommt. Angst, sie zu verlieren, seine Tochter zu verlieren. Angst, dass seine Frau, die schon lange nicht mehr arbeitet, zusammenbricht, Angst, dass sie sich das Leben nimmt, Angst, dass sie Krieg führt, Angst, dass sie sein Kind gegen ihn aufhetzt. Angst, für alle ein Mistkerl zu sein. Angst, zu zerstören, was man mit so viel Mühe, so vielen Zugeständnissen aufgebaut hat. Die Angst des kleinen siebenjährigen Jungen, der auf dem Schiffsdeck Algerien verschwinden sieht, wo das Vermögen seiner Eltern zurückgeblieben ist, die Angst, in einer feindlichen terra incognita *zu landen, wo man sich alles neu erobern muss, Ruhm, Ansehen, Geld. Der Verlust bleibt Rochs große Kindheitsangst. Sein Vater war Mathematiklehrer in Algier, der intellektuelle Abkömmling einer Siedlerfamilie, die seit zwei Generationen dort lebte, und dann die Rückkehr, ein schwieriges Leben als Versager im schäbigen Frankreich der sechziger Jahre. Seine Mutter musste von Haus zu Haus gehen und verkaufen, was man damals schöne Bücher nannte, Bücher aus einer Reihe, gebunden und mit Goldschnitt, um sie sich in die massiven Holzregale zu stellen. Wenigstens waren es schöne Bücher.*

Angst, abends nach Hause zu kommen und seine Frau fassungslos vor einem Beweis des Verrats zu finden. Angst, wehzutun, zu sehr wehzutun, als dass es sich reparieren ließe.

Ich kenne das alles, ich habe es auch empfunden. Auch mir hat die Angst die Hand hingestreckt und sie eine Zeitlang festgehalten, dann hat sie losgelassen. Und das unterscheidet uns auch wenn wir nie darüber reden.

Die Angst und auf der anderen Seite die Lust, die Abhängigkeit. Die Lust, sich so oft wie möglich zu lieben, mit der Leidenschaft, die das Ehebett verlassen hat. Die Lust auf die Minute der Vereinigung, wenn man sich im anderen verliert, sich in ihm vergisst wie nie zuvor. Die Lust auf das Lachen, wenn der Körper befriedigt ist, auf die totale Vertrautheit, die Lust zu reden, über sich, über alles, ohne Schranken.

Das Warten freut sich über diese Lust. Das Warten geht weiter, solange die Lust stärker ist als die Angst.

X + 712

Roch und ich verbringen eine ganze Nacht miteinander. Das Hotel Punta Lara präsentiert sich wie ein mexikanisches Resort, aber es steht auf der Atlantikinsel Noirmoutier. Der schockierenden, geradezu psychedelischen Seebadarchitektur der siebziger Jahre – Gebäude mit gerundeten Ecken und Balkons mit weiß getünchter Betonbrüstung, jedes Zimmer mit einem ovalen Loch zum Ozean – und den großen, von der Ebbe freigelegten Tangstränden fehlt es nicht an Humor und Charme. Wir amüsieren uns darüber, der Hotelier hat wohl von der Verlagerung der Touristikmaschinerie à la Houellebecq an die Küste der Vendée geträumt. Morgen beginnt ein wichtiges Meeting mit Rochs Firma. Die ersten Teilnehmer treffen ein, Roch und ich können uns nicht zusammen zeigen. Ein Kollege, der Roch schon lange kennt, scheint uns durchschaut zu haben, ich habe seinen Blick aufgefangen, der spöttisch, wenn nicht gar lüstern, zwischen Roch und mir hin- und herwanderte. Ich wollte den Taktlosen sogleich abkühlen und zeigte ihm mein seriösestes und professionellstes, ein beinahe mürrisches Gesicht. Nach dem üblichen Austausch von Höflichkeiten zwischen den Teilnehmern rennt jeder in sein Zimmer, um den Ehepartner, die Familie anzurufen. Nur wenige bleiben abends noch in der Bar. Ich finde den geeigneten Moment, um in Rochs Zimmer zu huschen. Diese paar Schritte ohne Deckung lassen kurz ein Schamgefühl auflodern, das ich schnell wieder unterdrücke.

Auf seinem Balkon passe ich auf, dass mich die Nachbarn nicht sehen, und bleibe in angemessenem Abstand zu dem Loch im weißen Beton. Unsichtbare Geliebte, schon jetzt. Das Meer ist in das Medaillon eingefasst, das der Architekt vorgegeben hat, und nun verstehe ich seinen Traum von Acapulco. Die Illusion ist perfekt: Blau des Ozeans im weiß getünchten Oval. Alles, was die wahre Realität dieses Ortes verrät, die Algen und der ziemlich grobe Sand der Vendée, bleibt außerhalb des Rahmens. Übrig bleibt das Panorama des blauen, von kleinen Wellen durchzogenen Wassers vor dem dunklen Azur im Westen. Mit dieser Aussicht ist es wie mit Roch und mir: im Rahmen ein idyllisches Paar, was drum herum ist, will man nicht wissen.

Ich komme seit meiner frühesten Kindheit an diese Küste. Mein Vater, der aus der Vendée stammte, liebte die langen, flachen Strände. Bei Ebbe wimmelte es von Sandmuscheln, Scheidenmuscheln, Venusmuscheln und Herzmuscheln, die wir am großen Strand von Saint Jean-de-Monts oder entlang der Passage du Gois sammelten. Wir parkten den Peugeot 403 am Rand der Passage, um unsere Eimer zu füllen, während wir aus dem Augenwinkel das Steigen des Meeresspiegels überwachten, denn das Schild mit den Zeiten von Ebbe und Flut war für Nichteingeweihte unverständlich. Wann soll man aufpassen, wann die Überquerung nicht mehr riskieren? Die Tafel hat schon so manchen getäuscht und bleibt trotz der Leuchtdioden des 21. Jahrhunderts, mit denen sie sich jetzt schmückt, ein Geheimnis.

Das Oval des Balkons trägt mich mit einem frischen Luftzug zurück zu diesen uralten Erinnerungen, von denen ich Roch erzähle, der sich im Halbdunkel des Zimmers zu schaffen macht. Während er seine Sachen sortiert, sagt er, dass dieses Land auch ihn adoptiert habe, weil seine Frau von hier sei und sie dieses Ferienhaus besäßen, ein paar Kilometer von meinem entfernt, im Land ihrer Kindheit. An seinem Ton spüre ich die Verbundenheit mit dieser Gegend und den kleinen weißen Häusern. Damit hatte ich nicht gerechnet. Als ewiger *pied-noir* hatte er mir nur von seiner Sehnsucht nach dem Mittelmeer erzählt. Es gibt also Teile seines Lebens, die ganz und gar von ihr geformt sind. Ich wundere mich über meine haarsträubende Naivität und über den kleinen Schmerz, der sofort auftaucht, wie ein Biss. Ich ärgere mich, dass ich diese Enttäuschung, die Entdeckung der Prägung durch die andere nicht erwartet habe. In diesem Moment habe ich so etwas wie ein Vorherwissen, eine Einsicht, dass alles schon viel zu fest in seinem Leben verankert ist.

Aber da steht er vor mir und verschlingt mich mit seinem breiten, zähneblitzenden Lächeln, seine durchdringenden Augen wühlen in meinen. Ich gebe mich seiner Umarmung hin, und er bringt mich zurück, will nur eins, mit mir schlafen. Er sagt mir, dass er nur darauf Lust habe, und auch, dass er mich liebt. Die ganze Nacht werden wir uns lieben. Ganze Nächte sind zu selten, um zu schlafen. Er ist begabt für die Liebe, die Erregung, die Stellungen, und in seinen Armen bin ich es auch. Es ist ein Aufblühen, er ist stolz auf das, was er auslöst, auf die neue Energie, die er in mir freisetzt. Ich habe mich verändert, man sieht mir auf der Straße hinterher, wenn ich mich mit der neuen Sicherheit einer Frau bewege, die begehrt wird. Dieser Stolz kommt aus meinem Körper ebenso wie aus der Seele. Warum kann mein Mann mir das nicht geben? Paul sagt, dass er mich liebt, und auch ich glaubte ihn zu lieben, aber wie kommt es, dass diese Liebe nie eine solche Metamorphose auszulösen vermochte? Es kommt mir vor, als wäre ich trotz meiner weit mehr als dreißig Jahre und meiner Kinder vor ein paar Monaten noch ein junges Mädchen gewesen und als sei ebendies das Ereignis: endlich Frau zu sein. Das ist es, worauf ich so lange gewartet hatte und was in seinen Armen endlich stattgefunden hat. Paul und ich benahmen uns wie zwei große Teenager, inzestuöse Geschwister mit allzu vielen Gemeinsamkeiten, das Studium, der Geschmack, die Leidenschaft für die Kunst, Lesen, Musik, das Klavierfestival von la Roque d'Anthéron, Italien, Nord, Süd und Mitte, die Samstagszeitung vom Kiosk, Kino, Paris, die Straßen von Paris, die Freunde, die Gastfreundschaft und das Essen zu Hause, gute Restaurants, schöne Klamotten, Reisen, bei denen man nicht am Strand rumliegt, Gebirge, Wandern, Natur, die Kinder, die uns nie entzweit haben. Ich dachte, darauf könnte man ein Leben bauen. Und dann kommt ein Typ mit scharfem Profil und kohlrabenschwarzer Mähne, der kaum ein Buch liest, Museen und Ausstellungen nicht besonders mag, keine klassische Musik hört, noch nie in Italien war, überhaupt sehr wenig gereist ist und noch nie in Paris gelebt hat, er mag nur Ferien am Meer, hat ein Motorboot und träumt von Tropenstränden und Wasserski, er wandert im Sommer nicht in den Bergen, hasst die Felder, wo er Heuschnupfen bekommt, er hat wenige Freunde, lebt zurückgezogen mit seiner Frau und seiner Tochter. Er hat eine Leidenschaft für seine Arbeit, für das Geschäft, dafür liest er, bildet er sich, auch was Design angeht, da können wir uns vielleicht treffen. Und dennoch erfüllen uns, wenn wir uns berühren, uns lieben, gewaltige, intensive Gefühle. Mit ihm habe ich meine Jugend abgeschlossen und bin jenseits der fünfunddreißig zur Frau geworden. Was mache ich nun damit? Es auskosten, so lange es gelebt werden kann, so lange wie möglich also. Ebendas verankert mich im Warten. Die Gewissheit, dass das Geschenk, das er mir macht, von unschätzbarem Wert ist. Ich sehe so viele junge Frauen um mich herum, die ohne Leidenschaft, nur mit Zuneigung neben ihrem Mann leben, in einer sanften und bequemen Routine, die sie einschläfert, während die Zeit vergeht. Auch mit Roch vergeht die Zeit, ich müsste mir eigentlich Sorgen darum machen, aber ich ziehe diese Zeit vor, in der ich lebe, in der ich bebe. Und er? Er scheint auch zu leben, zu beben, in der langen Umarmung, in der er uns an jenem Abend im Hotelzimmer festhält. Und dann, mitten in der Nacht, überkommt ihn die Melancholie. Er betrachtet mich im Licht der Nachttischlampe, die wir angelassen haben, weil wir unsere Körper bei der Liebe sehen wollen. Ich bin über ihm, unsere Gesichter sind wenige Zentimeter voneinander entfernt, und da sehe ich seine Augen sich röten und sich mit plötzlich aufsteigenden Tränen füllen.

«Marie, du kennst mich nicht, ich bin düster, ich mag die Menschen nicht, ich will nicht, dass du eines Tages meine schwarze Seele entdeckst.»

«Wieso schwarze Seele?»

«Ich weiß nicht, ich mag mich nicht.»

Plötzlich erstickt er mich fast in seiner Umarmung.

«Ich mag mich nicht, du kannst es dir nicht vorstellen, ich mag mich nicht. Ich habe eine schwarze Seele. Du bist fröhlich, heiter, du bist wie meine kleine Tochter, wenn sie morgens aufwacht.»

«Aber ich mag dich mit deiner schwarzen Seele.»

«Ja, ich weiß, aber du kennst sie nicht.»

Er drückt mich noch lange an sich, er ist erschöpft. Seine Tränen haben unsere Gesichter genässt.

Fortan ist etwas anderes im Warten, muss ich auf etwas Bedrohlicheres warten.

Ich habe keine Angst vor der schwarzen Seele.

X + 968

Ich schramme haarscharf an einer Tragödie vorbei. Oder an einer schlechten Boulevardkomödie? Irgendwas zwischen Racine und Feydeau. Zum ersten Mal kommt mir der Gedanke, dass mein außereheliches Abenteuer, meine große Leidenschaft die banalste Geschichte der Welt ist, die Geschichte von Frau, Ehemann und Liebhaber. Man glaubt immer zu leben wie niemand sonst.

Zuerst geschieht es zwischen Frau und Ehemann. Wegen der Liaison wissen sie nicht mehr viel voneinander. Ganz allmählich verlernen sie einander. Die Lüge der Frau isoliert und verändert sie. Sie war nicht dafür geschaffen, zumindest dachte sie das. Sie liebte die Wahrheit, das Licht. Wenn sie früher wegen einer Lappalie log, verrieten ihre Augen sie sofort. Sie konnte nicht lügen. Das verdankte sie der gewissenhaften christlichen Erziehung ihrer Familie, die darauf bedacht gewesen war, ihr Heuchelei und Verstellung von frühester Kindheit an auszutreiben, bis sie das Ergebnis schließlich für ihr Naturell gehalten hatte. Heute lügt sie fest und sicher. Das kam sofort, als schlummerte dieses Talent zur Verstellung in ihr und wartete nur auf den Liebhaber.

Für sie beginnt der Tag schwierig, nur für sie, einer der Momente, wo die Lüge der Realität zu nahe, zum Berühren nahe, zur Begegnung nahe kommt. Schon vorher ist ihr fast schwindlig von dem Übermaß an Bewusstheit für all das, was sie allein weiß, dem lastenden und schneidenden Zuviel. Ehemann und Liebhaber werden einander nahekommen, sie werden es nicht merken und wahrscheinlich niemals erfahren. Sie werden sich ja auch nicht sehen, sagt sie sich, um die Spannung, die Aufregung zu mildern, die sie mit jeder Sekunde stärker umklammert, als sie in die Stadt fährt. Es ist die Stadt des Liebhabers, nur ein Zwischenstopp, sie machen kurz Halt, um ein Geschenk zu kaufen. Heute Abend feiern sie die Geburt eines Babys und noch ein anderes Familienereignis. Geburtstag, Hochzeitstag, sie weiß es nicht mehr genau. Die Stadt liegt auf ihrem Weg. Sie sagt sich, dass es keinen Grund gibt, so zu zittern, dass nichts passieren wird, bestimmt nicht.

Sie mag die Stadt nicht, zu historisch, zu pittoresk, zu hübsch. Hier hat der Schatten seiner Familie, seiner Frau ihr Leben als Liebespaar immer gestört. Eine diskrete Wolke, eine nicht zu benennende Sorge schwebte über jeder Begegnung. In Nantes hingegen hat sich das Bild des Ehemanns nie auf diese Weise zwischen sie geschoben: Nantes ist viel größer, der Ehemann oft abwesend, die Hafenstadt seit Jahrhunderten daran gewöhnt, eine Fassade für das Ungehörige abzugeben, mit Zwielichtigem umzugehen, jeden Schmuggel zu decken.

In diesem Zwischen-zwei-Städten, Zwischen-zwei-Leben hat sich ihre Liebe entfaltet. Aber jetzt wird dieser geschlossene Raum plötzlich zu klein, drohen die Mauern zu explodieren. In einem permanenten Prozess der Ausdehnung sind die Gefühle immer größer und stärker geworden, mussten aber weiter in diesen Raum passen. Die Umarmungen, der Sex, ihre Betörung zu verbergen, nicht das ist es, was sie so anstrengt. Sie ahnt, dass die Notwendigkeit der Geheimhaltung ihnen erst ihre Pracht verliehen hat. Nun aber wächst unaufhaltsam ihr Verlangen nach einem gemeinsamen Leben, einem Neuanfang mit dem Liebhaber. Heute erfüllt sie eine seltsame Stimmung, sie findet zum ersten Mal, dass diese ganze Zurückhaltung sie zu teuer zu stehen kommt, dass der Preis für das komplett eingerichtete, zu gut eingerichtete Liebesstudio zu hoch ist. Und der Liebhaber kann und will den Schraubstock nicht lockern, er trägt seine Gattin und seine Tochter wie sein Schicksal, eine Verantwortung, der er sich nicht entziehen will. Manchmal spricht sie es aus: «Ich kann nicht mehr, das geht über meine Kräfte, jetzt müssen wir zusammenleben oder versuchen, Schluss zu machen.» Er hört es, ohne es zu glauben. «Nein, ich will nicht Schluss machen, noch nicht.» Jetzt aber, von nun an, hat sie manchmal diesen Willen: versuchen, Schluss zu machen. Sie glaubt an Willensstärke. Mit Streben, Geduld, manchmal auch Mut hat sie alles im Leben bewältigt: ihr Studium, ihre Arbeit, sogar ihre Beziehungen. Sie weiß noch nicht, dass in der Liebe alles Streben vergeblich ist. Sie weiß noch nicht, dass der Willen ein Gefühl zwar zügeln kann, ihm durch die Anspannung aber nur noch mehr Kraft verleiht. Sie weiß überhaupt nichts, weil sie noch nicht ohne ihn, den Liebhaber, gelebt hat, weil sie das Vermissen noch nicht in sich hat aufsteigen lassen.

Am Stadtrand ist sie also in dieser Verfassung: ihn nicht mehr sehen und durchhalten. Jedes Mal, wenn das Auto an einem ihrer Orte vorbeifährt, packt sie die Wehmut. Aber es sind einzelne Punkte, allein schafft sie es nicht, sie zu einem Weg zu verbinden. Ihr wird bewusst, wie schlecht sie die Stadt kennt, in der sie sich immer vom Liebhaber führen lässt, sie könnte dort keine zwei Schritte ohne ihn machen.

Sie verfahren sich ein bisschen. Der Ehemann ist erstaunt, wie schlecht sie sich auskennt. Ich dachte, du bist öfter hier. Ja, aber nie allein. Am Flussufer orientiert sie sich endlich, sie parken in einer Straße im Zentrum. Sie weiß, dass er nicht weit von hier wohnt. Sein früheres Haus kannte sie, aber in seiner neuen Wohnung ist sie nie gewesen. Er hat ihr nur von der Fußgängerzone erzählt: Am Anfang denkt man, man dürfe nicht mit dem Auto zu seiner eigenen Wohnung vordringen. Dann verletzt man das Verbot, jeden Tag etwas mehr. Am Ende schlängelt man sich zwischen den Passanten hindurch, als wenn nichts wäre, und parkt direkt im Hof. *Außer Lieferanten und Anwohner*. Also ist man im Recht.

Rue de V. 19. Sie wiederholt unbewusst die Adresse. Sie weiß nicht mal, wo das ist, sie hat nicht auf die Karte geguckt.

Sie irren eine Weile durchs Stadtzentrum, suchen ein Geschenk für das Fest am Abend, und sie schaut in der

Menge der Samstagnachmittagsflanierer nach Leuten, Familien, sogar nach ihrer Rivalin, von der sie nur ein Foto gesehen hat. Dann gelangen sie in die Fußgängerzone. Sie liest absichtlich keine Straßenschilder. Dabei muss es hier sein: das Pflaster, die schönen Häuser aus weißem Tuffstein. Sie zwingt sich, in die Schaufenster zu sehen, sie müssen das Geschenk finden. Der Ehemann hat nicht viel Geduld, aber er hat Geschmack, er kauft nicht einfach irgendwas. Die Suche zieht sich in die Länge, macht ihn angespannt, gereizt. Er merkt wohl, dass sie nicht bei ihm ist und immer irgendwohin starrt, als sei sie auf der Hut. Er würde es gern ihrer Sorglosigkeit zuschreiben, die ihn an ihr schon immer geärgert hat, weil es viel zu tun gibt im Leben und keine Zeit ist, rumzutrödeln. Aber er spürt auch eine neue Ernsthaftigkeit, eine Traurigkeit in ihr, die er nicht zu vertreiben sucht. Will er es überhaupt? Sie ist zu weit weg. Sie schaffen es nicht, das Register brüderlicher Verbundenheit wiederzufinden, deren Geheimnis sie früher kannten, als sie sich wie Kameraden für die Ewigkeit fühlten und den Mühen des Ehelebens entgingen, weshalb man von ihnen sagte: Sie passen gut zusammen. Sie hatten ein paar Codes: ein kleiner, alberner Musettewalzer, den sie inbrünstig sangen und tanzten, zwei, drei Spitznamen, die sie sich gegenseitig verpassten, und schon waren sie da, in dieser Brüderlichkeit, in der nichts ihr Einvernehmen, ihre Solidarität großer Kinder stören konnte. Sie stimmten den kleinen Walzer an, er nahm sie um die Taille, sie drehten sich ein paar Sekunden lang, und das war alles. Das Zauberwort für ein friedliches und sorgloses Leben, in dem nur Zärtlichkeit und Freude Stadtrecht besaßen. Ein Disneyland der Ehe.

Sie sind dabei, die Schlüssel zu verlieren. Jetzt fällt es ihm auf. Im Gehen trällert er die Melodie des kleinen erfundenen Walzers, den nur sie kennen, und sie reagiert nicht. Er sagt sich, dass er ihn schon lange nicht mehr gesungen hat und dass sein Joker heute nicht mehr funktioniert.

Sie geht in das Geschäft, um an etwas anderes zu denken als an den Liebhaber. Sie sieht draußen nichts mehr, ist betäubt, ihr Blick ist durch die Gewissheit geschärft, dass er auch dort ist, der Liebhaber, vielleicht mit seiner Frau und seiner Tochter, in diesen hektischen Straßen, am rasenden Puls dieser Stadt. Sie spürt ihn. Sie geht in das Geschäft, um sich der Gefahr des Draußen zu entziehen, und drinnen gibt es eine schöne Überraschung, die Baumwolle, die Farben, das ist die wohltuende Welt der Kindheit, ihrer eigenen Kindheit, die Blusen mit Trägern und gezackten Rändern.

Er folgt ihr in das Geschäft *Petit Bateau*. Sie kauft sich Unterhemden Größe 14 Jahre, die sie als Oberteil tragen wird. Bei ihr wundert ihn gar nichts, weder Netzstrümpfe noch Hemdchen. Er mag ihren ausgefallenen Geschmack.

Vor den Babypyjamas lässt sie sich vom Kinderwunsch überwältigen. Sie denkt über die Absurdität nach, immer die Pille zu nehmen und sich so sehr ein Kind zu wünschen. In der Blüte ihrer Dreißiger schwelt in ihr die Angst, ihre Chance verstreichen zu lassen. Das alles wegen zwei Männern, Ehemann und Liebhaber. Sie will ein Kind, unwichtig, von wem, sagt sie sich, aber sie weiß auch, dass sie es nicht machen wird, nicht so. Am Ende ihrer Verrücktheiten wacht eine solide, bäuerliche Vernunft. Sie erinnert sich an den Streich, den sie dem Liebhaber vor gar nicht langer Zeit gespielt hat. Ich bin schwanger, hatte sie ihm strahlend verkündet. Von wem? Keine Frage: von dir. Durchtrieben, grausam hatte sie auf ein Zeichen in seinem harten Gesicht gelauert. Es war schnell gekommen, schneller, als sie erhofft hatte, und eindeutiger, das Lächeln des Erzeugers, die Zufriedenheit des von seiner Nachkommenschaft beglückten Mannes. An seinem Strahlen hatte sie wieder zu erkennen geglaubt, dass er sie ein bisschen liebte. Es hatte eine Minute gedauert. Dann hatte sie gedacht: Er ist wie alle Männer, es gefällt ihm, seinen Samen zu verbreiten. Als sie ihm ihre Lüge gestand, sagte er wie ein enttäuschtes Kind: «Ich hätte mich so gefreut.»

Beim Rausgehen schenkt sie ihrem Ehemann, der gleichgültig zusieht, wie sie mit ihren Paketen hantiert, ein Lächeln. Er empfängt es, weiß nicht, was er damit anfangen soll, gibt es ihr nicht zurück, aber entspannt sich ein bisschen. Sie gehen noch ein paar Schritte nebeneinander her, ohne sich zu berühren. Sie würde gern seine Hand nehmen, macht es aber nicht. Wie weit sie sich voneinander entfernt haben.

Dann bleiben sie stehen. Fünf, sechs Meter vor ihnen kommt der Lieferwagen eines Blumenladens aus einer Ausfahrt und manövriert zwischen den Fußgängern, um sich einen Weg zu bahnen.

Hat er nicht gesagt, dass er neben einem Blumenladen wohnt? Rasch erfasst sie das Emailleschild über der Ausfahrt. Es trägt die Nummer 19. Das ist doch lächerlich, sie hat nicht mal den Straßennamen gesehen. Unwillkürlich wandert ihr Blick trotzdem die hübsche, auf alt verputzte Fassade hinauf bis zur zweiten Etage. Die Fenster stehen offen, sie sieht drinnen weiße Wände, wie frisch gestrichen. Vielleicht …

Vor ihnen wartet eine Gruppe Passanten darauf, dass der Lieferwagen wegfährt, der jetzt die Hälfte der Straße einnimmt und den Fußgängerstrom blockiert. Mit einem Verkäufer belädt der Lieferant eilig sein Auto, große rote Tontöpfe und Blumenkompositionen, die sie zusammen aus dem Laden tragen.

Da taucht ganz hinten in der weit geöffneten Ausfahrt, hinter dem engen Durchgang zwischen Lieferwagen und Hauswand, die große, vertraute Gestalt des Liebhabers auf. Sie sieht ihn sofort, seine Bewegung, um am Wagen vorbeizukommen, sich wie eine Katze durch den schmalen Gang zu schlängeln. Sie erkennt seine Geschmeidigkeit und dann seine Pingeligkeit, seine Art, dicht an der Mauer entlangzugehen, ohne sie mit seiner Kleidung zu streifen. In diesem Moment berühren sie seine Haltung, seine Eleganz und die Lächerlichkeit, bloß nicht den schwarzen Mantel schmutzig machen zu wollen.

Er trägt ein grau kariertes Hemd, das sie nicht kennt, weil er es nur zu Hause anzieht. Einmal war er in seiner Wochenendkleidung zu ihr gekommen, und sie hatte ihn noch mehr geliebt. Das fällt ihr ein.

Sie ist da, ganz und gar in dem Moment. In diesem Augenblick, da ihr Liebhaber auf sie zukommt. Sie hört die Straßengeräusche nicht mehr, nur das Rauschen des Blutes, das in ihre Schläfen und ihr Herz strömt, den Lärm des Lebens in ihr. Sie sieht die Szene wie eine Zeitlupe im Film, ihr Liebhaber, der aus der Ausfahrt kommt, im Vorbeigehen das Kopfnicken für den Blumenhändler. Unter Nachbarn. Ihr fällt auf, dass sie dieses Mienenspiel, diese alltäglichen Gesten von ihm nicht kennt, wenn er einen Nachbarn grüßt, wenn ihm die Bäckersfrau das Wechselgeld gibt. Sie sieht ihn einfacher, weniger arrogant, als sie ihn sich vorgestellt hat. Sie entdeckt an ihm eine Demut, die sie nicht geahnt hatte.

Als er endlich auf der Straße ist, ganz nah vor ihr, hat er diesen Rock-'n'-Roll-Reflex, den sie schon kennt: Er bleibt plötzlich stehen und stemmt die leicht gespreizten Beine in den Boden, als wollte er in der Welt Fuß fassen, bevor er ihr entgegentritt. Ein Relikt des Cowboys, ein paar John-Wayne-Gene, die sich in seine DNA verirrt haben.

Dann kommt er mit wenigen Schritten auf sie zu, er lächelt. Für wen, worüber? Nicht für mich, denkt sie. Er kommt ihnen entgegen. Er sieht glücklich aus, viel glücklicher als sie. Seit einiger Zeit schon beklagt er sich, wenn sie zusammen sind, oft über sein Leben, seine Schwierigkeiten in der Familie. Aber als sie ihn so schwungvoll die Straße entlangkommen sieht, denkt sie unwillkürlich, dass er an seinem Platz ist, sowohl in dieser Stadt, die seine ist, als auch in seiner Rolle als Familienoberhaupt, ungestüm in der Arbeit und im Leben.

Der kurzsichtige Blick des Liebhabers ist in die Ferne gerichtet, an ihr vorbei. Sie ist klein, sie weiß, dass er nie auf ihre Höhe schaut, ein Wunder, dass er eines Tages den Blick auf sie gesenkt hat. Aber als er vorbeigeht, denkt sie zuerst, er habe sie gesehen.

Er ist vorbei. Sie ist nicht mehr von dieser Welt. Sie steht neben sich.

Er ist vorbei. Sie rührt sich nicht, wie betäubt, obwohl er schon vorbei ist. Sie denkt ganz schnell an idiotische Sachen, an Statistiken, sie ist ein Mathe-Ass. Wie groß war die Wahrscheinlichkeit, dass er genau in dem Moment aus dem Haus tritt, als sie vorbeikommt? Der Ehemann geht weiter, er hat die Hände im Rücken verschränkt. Er hat nichts gesehen, nichts von ihrer gewaltigen Bestürzung gespürt. Ein paar eilige Fußgänger drängen sich zwischen sie, trennen sie schnell. Es genügen wenige Sekunden, um sich zu verlieren. Sie ist allein, sieht den Liebhaber die Straße entlanggehen. Sie rührt sich nicht und folgt ihm mit den Augen. Dreht er sich um? Er kann sie nicht nicht gesehen haben. Nein, er läuft mit großen Schritten durch den Lichtstrom zwischen den Häusern, gleich wird er in der Menge der Passanten verschwinden.

Aber vorher, im letzten Moment, da dreht er sich um. Sie sieht deutlich, wie er an der Ecke im Laufen den Kopf und den ganzen Oberkörper dreht. Dann versteht sie. Sie versteht, dass er woandershin schaut, dass er nicht sie ansieht. Sie versucht nicht, zu sehen, was. Vielleicht einfach ein hübsches Mädchen, das die Straße entlanggeht. Ja, das könnte gut sein.

Und da, gleich weit von beiden Männern entfernt, überfällt sie eine große Einsamkeit. Sie spürt, wie der eine und der andere sich von ihr entfernen. Sie weiß, dass es nur einen von beiden gibt, den sie noch einholen kann.

Sie muss unendlich viel Kraft aufbringen, um sich in Bewegung zu setzen. Aber der doppelte Strom der Fußgänger hilft ihr, man kann an einem Samstagnachmittag nicht reglos in einer Fußgängerzone stehen. Sie folgt der Bewegung. Geht schnell die Straße hinauf, in sich dieses seltsame und neue Ding, das ihr den Atem raubt, die Verzweiflung, die sie noch nicht kennt, aber von der sie schon weiß, dass sie sie nicht wird eindämmen können.

Weiter oben, als sie ihren Ehemann an der Kreuzung einholt, kann sie es nicht unterdrücken, sie sieht zu dem blau-weißen Straßenschild hinauf: «Rue de V».

Na gut, X + 968 war mehr ein Racine- als ein Feydeau-Tag. Der Liebhaber wollte nur ein bisschen Luft schnappen.

Im Warten erblüht die Lüge. Sie wird zur zweiten Natur. Lügen, um sich zu schützen. Die Lüge wird zum Gegengift für die Angst. Sie entpuppt sich als wirksam, wenn man sie pflegt und sich gut um sie kümmert. Ich erinnere mich an ein paar Lügenlektionen von Roch, dessen Virtuosität mir imponierte: zum Beispiel immer ein Körnchen Wahrheit in die Lüge mischen, «Die Sitzung in Vertou beginnt morgen früh um acht, es ist besser, wenn ich in Nantes schlafe», das ist ein Satz, in dem die Tatsachen der Wahrheit entsprechen und vernünftig klingen. Oder sich mitten in der Lüge melden, zwischen Restaurant und Hotelzimmer zu Hause anrufen. Die Lüge ist ein bewegliches und komplexes Terrain, auf dem sich die Widersprüche einnisten. So erweist sich zum Beispiel die Redensart «Je absurder, desto glaubwürdiger» als ebenso zutreffend wie die Regel von der notwendigen Dosis Wahrheit.

Ich habe auch die Methode der täglichen Lüge angewandt. Als ich klein war, musste mich meine Mutter nur etwas länger ansehen, und ich gestand sofort, hielt niemals durch, verriet mich immer.

Als die Doppelzüngigkeit in mein Leben einzog, war ich schlecht vorbereitet, ich scheiterte, man sah es mir an. Ich hatte meinen Mann schon vorher bei kleinen, alltäglichen Lügen ertappt, nie etwas Schlimmes, ganz banale Dinge: «Hast du die Theaterkarten für nächste Woche reserviert?», «Hast du deine Mutter angerufen und gefragt, ob es sie stört, wenn wir unsere Ankunft in Paris verschieben?» Weil er nicht das geringste schlechte Gewissen hatte, schlussfolgerte ich, dass die Lüge relativ und nicht bei allen Individuen gleichermaßen verboten sei. Für mich war das Verbot absolut. Als ich anfing zu lügen, spürte ich am Anfang gar nichts, das Verlangen fegte die kaum entstandenen Skrupel hinweg. Aber dann wuchs in mir eine so heftige Spannung, dass sie sich auf den Körper, auf meine Arterien und Venen übertrug, die sie in Druck umsetzten. Zu Beginn der Sommerferien landete ich beim Notarzt und hatte einen Blutdruck von 170/120. Der gute alte savoyardische Doktor sah mich verblüfft und misstrauisch an. «Sie sind zu müde, viel zu müde, schlafen Sie erst mal, dann sehen wir weiter. Kommen Sie nächste Woche wieder.» Ich schlief ein paar Tage und kam nicht wieder, weil die erzwungene Trennung vom Objekt der Begierde mein Fieber ein wenig dämpfte. Und man muss doch schließlich leben, da wird man nicht die Wahrheit sagen, wenn sie einen endgültigen Ausgang in sich trägt, mit dem niemand konfrontiert werden will. Das Gewicht der Lüge verringert sich durch die Unmöglichkeit der Wahrheit. Es ist, als könnte man nichts dafür. Es ist eine so tiefe und so vollständige Kapitulation des ganzen Seins, dass sie dich, wenn du erst einmal besiegt bist, kaum noch berührt. In undurchdringlicher Stille tritt sie das Wesen mit Füßen, das du wirklich bist, das Wesen der Kindheit und der Wahrheit, das du unter-

drückt hast, und es ist wie Sterben; deine Kinderseele verwandelt sich, wie Pinocchios Nase wächst, während dieses andere Ich, das dich jetzt siegreich, lodernd und unersättlich bewohnt, einen sinnlichen, bezaubernden Tango tanzt. Einen Tanz, der erst aufhören kann, wenn du zu Boden gehst.

X + 1123

Ich habe mich übergeben. Zwischen zwei Umzugskisten. Ich hatte mich seit den Schwangerschaften nicht mehr übergeben, und dieses gallige Aufstoßen, das in der hormonellen Überfülle der ersten Monate auftaucht und wie weggezaubert ist, wenn sich der Bauch entfaltet, ist eigentlich auch kein Erbrechen. Diesmal habe ich richtig gekotzt. Heftig, ohne Zeit zu haben, den ersten Schritt zur Toilette zu machen. Ich kann nicht erbrechen, das ist eine Phobie. Ich kann diesen Rückfluss nicht zulassen. Das ist, als entdeckte ich das Innere meines Körpers, als tauchten meine Eingeweide in meinen Mundwinkeln auf, und ich will das nicht, ich schlucke, ich tue alles, um es im Innern zu behalten. Ich habe mich nicht mehr übergeben, seit ich mit vierzehn eine ernste Magenverstimmung hatte. Ich habe alles in mir behalten, meinen ersten Studentenrausch, meine Infekte als unermüdliche Reisende in den Tiefen Marokkos oder Jordaniens. Ich habe mich mitten in Kenia lieber totenbleich und gekrümmt von Koliken durch schmutziges Gras geschleppt, als mich zu übergeben. Habe meine Innereien in mir bewahrt. Ihr bekommt keinen Krümel davon, alles bleibt an seinem Platz. Und vor allem gibt es keine Übergabe, kein Loslassen, keine Machtübernahme der Eingeweide über das Gehirn, des Körpers über den Willen und das Denken. Ich kann den Kontrollverlust nicht akzeptieren, diesen Augenblick, wo man sie mit dem lauten Gurgeln kaputter Rohrleitungen, mit einem Todesschrei kommen lassen muss, die warme, stinkende Brühe, die unerträglichen, halb verdauten Bestandteile, nein, das kann ich nicht. Es kam ohne Vorwarnung, blitzartig, wie eine Ohnmacht. Ich war etwas betäubt vom Walzer der Kartons durch das ganze Haus, von meinem Auf und Ab auf der Trittleiter, um die Schränke zu leeren. Es brach die Tür auf und warf mich brutal zu Boden. Ein Strahl, der lange zurückgehalten worden war. Ich konnte nichts machen. Hatte nichts kommen sehen. Wollte nichts kommen sehen, bis ich mich aufrichtete, bis meine langen Haare und mein Kleid voll waren von der widerlichen Mischung.

Ich habe geputzt wie eine Besessene, der Geruch hat mich lange auf allen vieren am Platz festgehalten. Das Wasser im Eimer wurde immer wieder erneuert, beförderte mein unmöglich zu verdauendes Verbrechen in Strudeln in das weiße Toilettenbecken. Denn ich habe ihn erbrochen. Meinen unentschlossenen und untätigen Liebhaber, während ich in drei Tagen die Stadt verlassen und Paul nach Paris folgen werde, meinen Liebhaber, der so kurzsichtig ist, dass er nicht weiter sieht als bis zu seinem Penis. Mein Liebhaber ist in ekelhaften Stücken im Keramikloch verschwunden.

X + 1126

Das Haus ist leer. Draußen sind die Möbelträger im Begriff, den Lastwagen zuzumachen. Der Fahrer ruft seinen Kollegen, der einen letzten Blick in die leeren Räume wirft, dort künden nur noch ein paar Wollmäuse vom Leben der Bewohner, meiner Töchter, meines Mannes und mir. Das ist der Staub unseres Lebens, luftig, noch warm und wattig, winzige Hautschuppen, Haare, ganz anders als in leer stehenden Häusern. Ich nehme vorsichtig eine dieser Mäuse in die Hand und puste sie über einen großen Müllsack.

Nantes verlassen. Ich dachte nicht, dass es so sein würde. Wir gehen weg. Vielmehr ist es so weit, ich gehe. Allein. Mein Mann hat schon seit sechs Monaten eine Stelle in Paris. Er wohnt Place du Marché-Saint-Honoré, in einer kleinen, bequem möblierten Wohnung für Auslandskader. Wir werden in Paris ein neues Leben anfangen. So sage ich mir mit einem Lächeln. Aber es ist nicht wahr. Ich folge ihm, weil ich nicht den Mut habe, Schluss zu machen und hierzubleiben.

Nantes verlässt man nicht so leicht. Die Stadt von Julien Gracq erfüllt dich fürs Leben mit einem heimlichen Bedauern, das sich nicht erklären lässt, weil es von Eindrücken, Augenblicken, Fragmenten bestimmt ist, die manchmal so widersprüchlich sind, dass sie nicht zur selben Landschaft zu gehören scheinen. Umwucherte Wege mit duftenden Heckenrosen und undurchdringlichem Gebüsch, die die Chézine bis an den Rand des Quartier Canclaux säumen, auf die man sich mit einer Spur kindlicher Furcht vor dunklen Pfaden wagt, obwohl man nur einen Steinwurf vom Stadtzentrum entfernt ist. Große Kräne wie Wachposten am Holzhafen von Cheviré, das eigenartige Bild der zersägten und mit farbiger Kreide markierten Baumstämme. Der verblasste Glanz der großen Villen am Quai de la Fosse und in der Rue Kervégan, wo zynische Maskarone von ihren Fassaden herab den Reichtum aus zwei Jahrhunderten Sklaverei betrachten. Die grauen und nüchternen Häuser in Sainte-Anne oder im Zola-Viertel, gebaut von mühsam angehäuften kleinbürgerlichen Ersparnissen, und die Klostergärten, poetisch in ihrer Unordnung, die Hänge, die immer noch auf den Abwasseranschluss warten. Ich mag diese Aristokraten- und Arbeiterstadt, sie hat mich an dem Tag gefangen genommen, als ich in der Avenue de l'Arche 8 eingezogen bin und den kleinen Ordner mit dem Familienarchiv aufgeschlagen habe, den mir meine Mutter anvertraut hatte. In einem alten Stammbuch war die Geburtsadresse meiner Großmutter in Nantes angegeben, 10. Februar 1885, Mutter Wäscherin, Vater unbekannt: Rue de l'Arche-Sèche 8. Hundert Jahre später zog ich als Erste wieder in diese Stadt, ein Mythos dank einer mir unbekannten Großmutter. Heute reißt mich ein Mann aus Nantes weg, mein Ehemann, während ein anderer nicht imstande ist, mich hier zu halten.

Ich wollte nicht irgendwelche Umzugsleute, ich wollte die von Drouot, ich wollte Ferdinand und Ulysse, die Spediteure des Auktionshauses, Freunde meiner Schwiegerfamilie. Ich kannte sie seit fast zwanzig Jahren, ihre Gesichter, ihre Art, ihre präzisen und sparsamen Gesten, wenn sie die Waren bewegen, ihre Aufmerksamkeit für die schönen Dinge, das Material, die Decken, die Schaumstoffkoffer für die Gläser, die Luftpolsterfolie, die sie großzügig einsetzen, die großen Holzkleiderschränke auf Rädern, die Gurte und der tannengrün livrierte Lastwagen. Das alles ist Drouot, ein bisschen meine Adoptivfamilie. Als sie gestern Abend in Nantes angekommen sind, habe ich ihnen ein frugales Mahl bereitet – Wurst, Omelette mit Käse und Salat –, eine Flasche guten Wein aufgemacht und in der Gesellschaft dieser beiden soliden und bodenständigen Männer Erleichterung, ja geradezu Glück empfunden, während ich ihnen zusah, wie sie das einfache Essen mit viel Brot und dem Appetit derer verzehrten, die wissen, dass sie sich am nächsten Tag verausgaben werden. Das Haus war schon bereit, die Bilder waren von der Wand genommen, die Kartons gepackt, Betten abgezogen, Einbauschränke offen und leer.

Erbrochenes von vor drei Tagen gereinigt.

Die Mädchen haben das Haus verlassen und verbringen die Ferien bei ihrer Großmutter. Nur die Küche hat noch ihr normales Aussehen bewahrt, denn sie wird nicht umziehen. Hier haben wir gestern Abend zu dritt gegessen. Während ich in der ewigen Haltung der Frau am Herd mit einer hässlichen Schürze um die Taille das Omelette in der Pfanne überwachte, überlegte ich mir, dass ich mich ohne diese beiden Männer, ihre Herzlichkeit und freundschaftliche Zurückhaltung, dem Schmerz hingegeben hätte, die Verzweiflung nicht hätte fernhalten können.

Den ganzen Tag haben sie Kisten und Kartons geschleppt, der Lastwagen ist voll. Sie haben gemerkt, wie sich mein Herz im Laufe der Stunden zusammenzog, wie mich die Traurigkeit überwältigte; wenn sie meinen Blick trafen, haben sie gesehen, wie er feucht wurde, sie haben mich schniefen gehört. Bei all den Pfändungen, Umzügen geschiedener Paare, von Erben geleerten Totenhäusern haben die Jungs einiges über menschliches Leid erfahren. Sie wissen viel über die Menschen, deren Sachen sie tragen, sortieren, aufräumen. Ihre Diskretion war von einem Wohlwollen und einer Wärme durchdrungen, die mich getröstet haben.

Während sie den Lastwagen nach einem Ordnungsprinzip, das ich nicht erfasse, sortieren und einräumen, mache ich eine letzte Runde durch die leeren Räume. In der Mitte des Schlafzimmers, in dem sich meine Person so oft gespalten hat, lege ich mich auf die rauen Meeresbinsen. Die Matte unter meiner Wange erzeugt den leichten Schmerz, für den ich sie ausgewählt habe: Ich wollte dieses leichte Piken unter meinen nackten Füßen spüren, jeden Tag diese Unbequemlichkeit, wie wenn man nach dem Stadtwinter in den großen Ferien wieder lernt, über den groben Sand am Strand zu laufen. Ich brauchte dieses Gefühl, wie eine Erinnerung an die Ordnung der Natur, etwas, das sagen wollte: Pass auf mit der Künstlichkeit deines Lebens, erinnere dich daran, dass deine Fußsohlen dazu geschaffen sind, über eine unebene Welt zu laufen, und versuche, nicht darunter zu leiden. An der Schwelle meines Zimmers ließ dieser vor der Begegnung mit Roch ausgewählte Fußboden jeden Abend in mir diese Beschwerlichkeit aufsteigen, ich hatte es gewollt, noch ohne es zu wissen, dieser Boden enthielt ein Vorzeichen, mein ganzes Unbehagen mit dem Doppelleben, mein Doppelzüngigkeitssyndrom, meine Unmöglichkeit, das Zimmer leichten Herzens zu betreten; meine schmerzenden Füße hatten die Aufgabe, mich an der Tür zum Zimmer der ehelichen Intimität daran zu erinnern.

Durch mein T-Shirt und den Rock hindurch verletzt das kratzige Sisal zum letzten Mal die Haut meines Körpers, ich würde gern noch ein bisschen dableiben, mit dem Gesicht zum Boden, und die Tränen auf die regelmäßigen Zöpfe rinnen lassen, sie würden einen Fleck hinterlassen, eine salzige Spur, wie eine Buße. Ich denke plötzlich an die Begeisterung meines Mannes für dieses Haus, seine Freude, mit dem Architekten zu arbeiten, mit mir die Materialien, die Farben, die Türklinken, die Schalter, die Wandschränke auszuwählen, so viel gemeinsame Aufmerksamkeit, er und ich, als wir die Details der Einrichtung festlegten, es war unser erstes Haus.

«Können wir den Lastwagen zumachen, Marie?»

«Ja, ich glaube …»

«Oh, man sollte schon sicher sein.»

«Ich bin sicher.»

«Dann fahren wir los.»

Die große Heckklappe knallt in der warmen Luft. Es kommt der Moment, wo sie mich zum Abschied umarmen und nicht ahnen, dass ich sie gern zurückhalten würde, damit wir noch mal und noch mal kontrollieren, damit sie noch ein bisschen bleiben. Ich danke ihnen: «Ihr seid phantastisch.» Sie klettern in den Lastwagen, der sich langsam in Bewegung setzt, den Hang hochfährt, oben abbiegt und verschwindet. Es ist fünf Uhr, die Tage sind noch lang, auch ich werde vor Einbruch der Nacht in Paris sein.

Wenn ich es schaffe, loszufahren.

Ich bleibe einen Moment sprachlos an der Straße stehen. Die Avenue du Midi liegt in der Nachmittagshitze weiß vor mir. Das strahlende Licht von Nantes überflutet sie. Mein Kopf dreht sich. Ich gehe in die Diele und halte mich am Treppengeländer fest. In dieser Ecke ist an der Wand die Spur einer Dummheit meiner jüngeren Tochter zu sehen. An ihrem zweiten Geburtstag hatte sie mit einem knallroten wischfesten Filzstift und großen Strichen ein riesiges Fresko gekritzelt, mit dem Schwung ihres ungeschickten, pummligen, aber kräftigen Arms. Auf der ganzen Länge der strahlend weißen Wand hatte sich wirr, aber entschlossen ihr riesiger Lebenshunger entfaltet. In demselben Impuls und mit demselben Filzstift hatte sie die Puppen ihrer großen Schwester geschminkt, die ihre Verzweiflung herausschrie, als sie das Verbrechen entdeckte. Beim Anblick der knallroten, in kaum fünf Minuten angestrichenen Wand hatten wir uns gewundert, dass so ein kleines Geschöpf genug Kraft und Willen aufbringen kann, um dieses Werk zu vollenden. Ich hatte enorme Mengen Chlorwasser bei der Reinigung der Wand eingesetzt, aber das wissende Auge erkannte noch den wilden, kontinuierlichen Strich der Kleinen, ihre große Lebenslinie, ihren farbigen Existenzanspruch. Ich lege die Hand an die Wand und folge der Spur zärtlich mit dem Zeigefinger. Wegen der Tränen ihrer großen Schwester mussten wir mit ihr schimpfen, die Puppen waren hinüber. Aber in ihrem Blick lasen wir so viel Verständnislosigkeit, dass wir schnell aufhörten. So unverhofft brachen wir ihre Begeisterung, ihre Lebensenergie, die sie voller Stolz und Glück an der Wand in Farbe umgesetzt hatte. Sie schien uns zu sagen: Es kann doch nicht sein, dass das verboten ist, dass man das nicht darf. Es war die größte Enttäuschung ihres kurzen Lebens. Das Schauspiel ihrer Desillusionierung war herzzerreißend, sie hatte während der ganzen Reinigungsoperation nicht aufgehört zu weinen und stand ohnmächtig vor der Auflösung ihres Werks in Chlorwasser. Warum ist diese Episode so lebendig in meinem Kopf, jetzt, wo ich Nantes verlasse? Warum ist mein Herz ganz und gar bei dieser Desillusionierung des zum ersten Mal enttäuschten Kindes? Weil man gehen muss, ohne etwas zu verlangen. Drei Jahre sich auflösen lassen. Drei Jahre für nichts, in schönem Schwung geschrieben. Weil Roch bleibt und nichts tun, nichts sagen wird, um mich zurückzuhalten.

Das Warten ist von Geschenken markiert. Spricht man nicht vom goldenen Warteinweilchen?

Roch ist in unserer Beziehung sehr schnell zu einem Genie der Geschenke geworden. Nach einigem Suchen (ein Seidenhemdchen, eine Designervase) hat er sich für Geschenke entschieden, die wahrhaftig für die Ewigkeit, also für das Warten erfunden wurden, als hätte er vorhergeahnt, dass es sich hinziehen würde. In der Boutique eines großen italienischen Juweliers hat er gefunden, was man eine unerschöpfliche Quelle nennen könnte: Goldanhänger in Form kleiner Tierfiguren, jede einzelne mit einer Bedeutung versehen, die in dem Büchlein erklärt ist, das man mit der Schachtel erhält. Es gibt die Schwalbe (komm zurück), den Spatz (verlass mich nicht), den Pinguin (ich bin verrückt nach dir), den Seestern (ich bin empfindlich), die Schlange (du bringst mich in Versuchung) … Ich glaube, beim ersten Mal hat er mir drei auf einmal geschenkt. Ich trage sie an einem schwarzen Baumwollband, das ich manchmal gegen ein rotes oder oranges austausche. Die Auswahl dieses Geschenks hat sich als so fein, so sinnig zum Warten passend erwiesen, dass man im Nachhinein eine Strategie darin vermuten könnte. Aber so war es nicht. Tier für Tier kommt jedes Geschenk gerade rechtzeitig, um die Flamme des Wartens zu schüren. Jede Figur lässt die sentimentale und originelle Sammlung wachsen, ein Bestiarium der Leidenschaft, das ich um den Hals trage wie ein Halsband an der Leine des Wartens. In das Metall der Ewigkeit sind die Worte der Liebe eingelassen. Krake (umarme mich ganz fest), Kröte (küss mich, und ich werde dein Prinz). Sie scheinen dadurch nur noch unverwüstlicher. Die tierische Kreativität des großen Juweliers befreit den Liebhaber im Laufe der Zeit vom Nachdenken. Es beschränkt sich auf die Auswahl des Tiers, seines symbolischen Wertes. Es erschöpft sich nie in der Erneuerung. Im letzten Jahr schenkte er mir ausnahmsweise ein großes, sehr schönes Silberkreuz von demselben Juwelier. Das Abreißen der Tierkette ist ein schlechtes Omen.

Auch ich habe den Rundtanz der Geschenke genährt, aber ich habe nicht wie Roch eine einzige, unerschöpfliche Quelle gefunden. Deshalb stürzt mich jedes Geschenk in eine besorgte Suche nach Originalität. Durst nach Einmaligkeit, nach Exklusivität. Ein im Lot aufgestöbertes Fresko, ein in Tanger gekauftes Fototriptychon von Rachid Ouetassi, dessen Einfuhr nach Frankreich ebenso schwierig zu organisieren war wie eine Immigration, ein Messer von Ian Pennors in Laguiole und so weiter. Meine Reisen eignen sich für die Suche besser als die großen Pariser Geschäfte, in die ich manchmal gehe, um die Streifenvariationen eines englischen Couturiers, die inzwischen ein universeller Anhaltspunkt für angesagtes männliches Design geworden sind, als Schal, Hemd oder Manschettenknöpfe zu würdigen.

Mein Schenken nutzt die Zeit des Wartens, es wird ein Ziel an sich, im Innern des Wartens selbst, es schafft darin seine eigene Markierung, wie eine Amplitude bei einem Enzephalogramm. Alles, was Zeit verbraucht, ohne ihren Verlauf zu lenken, ist dem Warten angenehm, passt zu ihm. Wenn das Warten nur ausgefüllt wird, respektiert es das Geschenk und verschafft ihm Erleichterung. Irgendwo zwischen dem Eichhörnchen (ganz, ganz schnell) und der Schildkröte (du verstehst zu warten) ist unsere Geschichte zerfasert.

X + 1265

Der Winter hat sich vorgenommen, Paris zu lähmen: Die unter hartnäckigem Schnee begrabene Stadt gehört den Kindern und den Verrückten. Ich bin bei ihnen. Die anderen bleiben in ihren qualmenden Autos sitzen.

Ich erlebe meine letzten Wochen als Hausfrau. Mein neuer Job beginnt im Februar. Ich habe nichts dagegen, bald wieder einen Terminkalender und Sitzungen zu haben, denn in den letzten paar Monaten habe ich erlebt, wie sich mein Leben in das eines Edeldienstmädchens verwandelte, das großartige Abendmahlzeiten organisierte, von der Vorspeise bis zum Dessert alles selbst zubereitete, sich an Raffinesse selbst übertraf, dem ehelichen Gesellschaftsleben eine neue Wendung gab, die Töchter wie Prinzessinnen am Hof des Sonnenkönigs bediente, sie um halb fünf mit einem Tütchen Ladurée-Macarons von der Schule abholte, mit Bravour und in ungekanntem Tempo das ununterbrochene Ballett von Pauls Anzügen von zu Hause zur Reinigung und zurück dirigierte. Ich habe darin schon eine gewisse Befriedigung gefunden –

«Marie hat die Wohnung wirklich schön eingerichtet» –, aber alles Gute hat ein Ende: Ich bin zu realistisch, um nicht die drohende Falle zu erkennen. Zu teuer bezahlt man das Verschwinden von jeglichem Stress, abgesehen von dem, ob das *Soufflé au quatre fromages* gelingen wird, diesen Königsweg für eine gewisse weibliche Trägheit. Es ist nicht Angst vor der Arbeit (sie arbeiten drinnen genauso viel wie draußen), sondern die Neigung zu einer Mühelosigkeit (keine Lust zu kämpfen, den anderen und der Welt außerhalb des selbst gesponnenen Kokons entgegenzutreten). Man bezahlt sie mit einer absoluten, krakenartigen Abhängigkeit. Am unteren Ende der sozialen Leiter wartet für die Frauen garantiertes Elend, oben ein goldenes Gefängnis.

Bald heißt es tschüs, kochmeister.com, ich behalte bestimmt ein paar interessante kulinarische Reflexe für das Alltagsleben. Ich denke, dass diese fünf Monate Verschnaufpause mir gutgetan haben: Das Bad in Familie, Kindern, Gästen hat eine Distanz zwischen Roch und mir geschaffen und mich in einen großzügigen und moralischen Wirbel gezogen, unsere Begegnungen auf seine Besuche in Paris und die Zeitfenster der Schule beschränkt. Ich glaube, ich wollte es so, als eine Möglichkeit der Erlösung.

Ich habe mit Paul zu einer Form von Vertrautheit zurückgefunden, die im Leidenschaftssturm von Nantes untergegangen war. Auch die Übelkeit ist gewichen. Seltsamerweise beginnt mein Leben in Paris unter scheinbar ruhigeren Vorzeichen.

Sicher brauchte ich diese Monotonie des Ehelebens,

um seine Vorzüge wiederzuentdecken. Paul wirkt glücklicher, näher, freundlicher, beruhigt durch die Entfernung des Gespenstes, das er gespürt haben muss. Er berauscht sich vor allem an seiner neuen Karriere, bewegt sich mit seiner natürlichen Gewandtheit im regen Gesellschaftsleben, das ich ihm organisiere, indem ich seine Kollegen und Freunde einlade. Ich habe den Eindruck, dass er als echter Pariser, dem es nie an Umgangsformen fehlte, hier wieder auflebt.

Das beschäftigt Roch jedes Mal, wenn ich ihn sehe. Meine demonstrative Zufriedenheit über die Rückkehr nach Paris beunruhigt ihn nicht besonders. Dafür entdecke ich einen gewissen Neid auf Paul. Als wäre er eifersüchtig auf seinen beruflichen Aufstieg und die Möglichkeit, ins Zentrum des Geschäftslebens zurückzukehren, während er in seiner Firma im Anjou hängen bleibt.

Manchmal vergleiche ich die beiden. Das ist gemein, aber verlockend. Ich habe irgendwo gelesen, dass die Frauen in großem Maßstab und in der langen Menschheitsgeschichte dazu neigten, den Mann auszuwählen, der die größte Verheißung von Schutz und sozialem Aufstieg verhieß, während die Männer einer extensiven Logik folgten und versuchten, ihren Samen über die ganze Welt zu verbreiten, um sich ganz sicher fortzupflanzen. Die Triebkräfte unterscheiden sich also grundsätzlich voneinander, was das oft gegensätzliche Sozialverhalten der beiden Geschlechter erklärt.

Wen sollte ich im Lichte dieser Theorie wählen? Natürlich Paul. Jünger, bessere Abschlüsse, brillanter, im steileren Aufstieg. Ist das der unbewusste, tief liegende Grund dafür, dass ich es nicht schaffe, ihn zu verlassen? Der Grund für die wiedergefundene Nähe in der Wohnung im Haussmann-Stil? Oh, stabilisierende Tugend der berühmten Dreifaltigkeit Parkett-Stuck-Kamin. Darüber muss ich lächeln, während ich auf dem Computer den Namen eines Rezepts eintippe, das ich kürzlich auf einer Website für junge unbeschäftigte Frauen auf der Suche nach kulinarischer Legitimität entdeckt habe.

Das Rezept ist unauffindbar, der Name der Website fällt mir einfach nicht ein. Deshalb klicke ich in der Navigationsleiste auf «Chronik». Plötzlich halte ich verblüfft inne: Unter den letzten besuchten Seiten ist ein komischer Name, der eines frechen und lustigen Homosexuellenmagazins.

So ein Mist, sicher hat Salomé gesurft, warum habe ich auch auf die Elternsperre verzichtet, die der Provider anbot! Aber das ist Quatsch! Salomé ist zu klein, wir haben diesen Computer gerade neu gekauft, sie hat den alten mit in ihr Zimmer genommen und ist immer bei Carmen Sandiego, sie hat noch nie allein gesurft und war auch noch nicht an dem neuen Mac. Rose ist vier und interessiert sich nur für ihre Bücher.

Ich überlege, ob ich den Link anklicke, dann verzichte ich darauf. Es war Paul. Kein Zweifel. Paul …

X + 1266

Ich konnte heute nicht mit ihm sprechen, ich habe ihn nur beobachtet.

X + 1269

Heute habe ich es geschafft, ihm die Frage zu stellen, nachdem die Kinder im Bett waren.

«Da war eine komische Website in der Chronik, Paul.»

Er hat mich nicht empört angesehen, hat nicht protestiert, hat auch nicht den Kopf gesenkt, ist meinem Blick nicht ausgewichen. Nach einem Moment des Erstaunens, dann des Nachdenkens – unnötig, den Ahnungslosen zu spielen – hat er mich angesehen und gesagt:

«Neugier, Lust … nichts weiter.»

Das kommt vor, oder? Wie morgens im Halbschlaf masturbieren, wie die Brüste der Mädchen in der Zeitschrift *FHM* betrachten. Ja, aber es waren es eben keine Mädchenbrüste. Ja, aber ist dir das nie passiert, dir, der patentierten Heterosexuellen, dass du in Männermagazinen Mädchenpos gesehen hast und sie dich erregt haben? Doch. Wenn ich im Büro die Belegexemplare für meine Bierwerbung erhielt, wenn ich in einer Edelpornonummer von *Vogue* blättere. Er hat von «Lust» gesprochen. Ich versuche mich zu erinnern. Soll ich ihn fragen: «Warum diese Lust?» Nein, er fährt schon fort:

«Hast du nie Lust auf so was?», fragt er und kommt der nächsten Frage zuvor, umgeht sie mit seiner intelligenten Gesprächsführung.

«Doch, doch …»

Ende der Geschichte.

X + 1270

Wie um meine Vermutungen zu widerlegen, liebt mich Paul heute sehr ausführlich.

Ich werde Roch nichts davon erzählen. Ich will nicht, dass die Hypothese von Pauls Homosexualität unsere Beziehung stört oder wie eine Enthüllung auf ihn wirkt, dass sie ihm eine Erklärung für unsere Beziehung liefert, die irrig oder zumindest unzureichend wäre. Ich habe Angst davor, wie er reagiert, dass er auf den Gedanken kommt, von Anfang an nur als Sexobjekt gedient zu haben. Das ist falsch.

Außerdem bin ich mir gar nicht sicher. Ich denke an den Kinsey-Report über die Sexualität der Amerikaner in der Nachkriegszeit, an die Skala mit sieben verschiedenen Stufen vom ausschließlich Heterosexuellen bis zum ausschließlich Homosexuellen. Die Schlussfolgerungen des Dozenten hatten mich beeindruckt: Mitten in der McCarthy-Zeit wagte ein Soziologe, die Komplexität der Sexualität, die tausend Formen darzustellen, die das *wahre* Sexualleben der Individuen annehmen kann. Na wenn schon, er hatte Lust, mein Gott! Haben wir nicht ein normales Sexualleben für ein Paar, das sich mit sechzehn Jahren Zusammenleben brüstet? Ich weiß es nicht. Ich weiß überhaupt nichts.

Ich erinnere mich nur an meinen ersten Eindruck, als ich ihn sah. Damals hatte ich meiner besten Freundin gesagt:

«Es ist komisch, man könnte meinen, Paul hätte keine sexuelle Orientierung.»

«Wie meinst du das?»

«Ja, irgendwie so, als hätte er sich noch nicht entschieden.»

«Glaubst du? Ich glaube eher, dass er sich gerade an dich ranmacht ...»

Er war dreiundzwanzig, ich zweiundzwanzig. Die Fortsetzung gab meiner Freundin recht.

Ich erinnere mich auch, dass ich ihm am Anfang unserer Beziehung diese brutale Frage gestellt habe:

«Hast du schon mal mit einem Jungen geschlafen?»

Keine Antwort.

«Hast du?»

«Ja.»

«Und?»

«Na ja, es ist nicht mein Ding, ich habe mich nicht gut gefühlt danach, überhaupt nicht gut.»

Ich erinnere mich noch sechzehn Jahre später an die Aufrichtigkeit in seiner Stimme. So waren meine schwachen Zweifel geschwunden und bis vor ein paar Tagen nicht wieder aufgelebt. Da kann ich noch so viel in der Vergangenheit herumwühlen, die Höhen und Tiefen unseres Intimlebens erforschen. Es gab eine lange Flaute nach Salomés Geburt, ich war von der Geburt verletzt, litt monatelang an hartnäckigen, stechenden Schmerzen im Unterleib und hatte uns gebremst. Ich brauchte viel Zeit, um die normalen Empfindungen wiederzufinden.

Nein, ich glaube es nicht.

Ich glaube an ein gewisses Schwinden der Liebe, trotz der vollkommenen Vertrautheit und der Übereinstimmung zwischen Paul und mir, bis hin zum Humor, bis hin zu der Fähigkeit, uns über unseren gemeinsamen Alltag zu amüsieren. Allheilmittel Lachen, mächtiges Gegengift zur Langeweile. Ich glaube, dass uns die Arbeit, die uns beiden wichtig ist, bei der wir schnell und gut sein wollen, voneinander entfernt hat. Ich glaube, dass das Leben heutzutage so lang ist, dass die meisten Paare mitten im Flug explodieren. Ich glaube an die schleichende Unaufmerksamkeit für den anderen, die allmählich an unserer Fähigkeit nagt, ihn glücklich zu machen. Und vor allem daran, dass man sich, wenn auch schlechten Gewissens, mit dieser Unaufmerksamkeit abfindet. Ich glaube auch, dass die Paare, die all dem widerstehen, relativ selten sind, man muss sich nur umsehen.

Es ist seltsam: Wenn man ins Zentrum seines eigenen Lebens geschleudert wird, weiß man nichts. Wenn es um das Leben der anderen geht, ist man viel schlauer.

X + 1315

Roch hat es geschickt eingefädelt.

Ich habe ihn heute zum Abendessen in Montparnasse gesehen, in einem Restaurant in der Rue Delambre. Er kommt auch nach Paris. Er hat genug von einem Berufsleben, dessen Horizont nur bis zur Loiremündung reicht, obwohl der Bereich, in dem er tätig ist, keine Grenzen kennt. Sein Privatleben spielt sich zwischen Lokalhonoratioren und regionaler Unternehmerelite ab, steckt zwischen dem örtlichen Rotary Club und der Privatschule der Kinder fest.

Ich hatte seit einigen Monaten gemerkt, dass er es nicht mehr aushielt, und er hatte mich auch gewarnt: «Du wirst sehen, ich folge dir, ich komme nach Paris, es ist eine Frage von Monaten.» Dabei geht es nur um ihn, ich weiß doch, dass ihn sein Ego hierherzieht, ein übermächtiger Drang, sich an beruflichen Herausforderungen zu messen. Er hat eine gute Gelegenheit abgewartet und sie beim Schopf gepackt: ein wasserdichter Vertrag, Wachstumschancen, eine andere Liga. Er wird ihr gewachsen sein.

Ich sollte mich freuen, wir werden uns öfter sehen, aber diese Veränderung fühlt sich nicht gut an: Das ist das Ende der genehmigten Nächte außerhalb des Ehedomizils, und ich ahne schon, dass die Hotelgeschichten, die bisher herhalten mussten, unter den Augen seiner in letzter Zeit ziemlich misstrauischen Gattin schwerer zu vermitteln sein werden.

Und dann wirft er mir diesen Satz an den Kopf: «Um sie zu überzeugen, Angers zu verlassen, habe ich mich verpflichtet, mehr zu Hause zu sein.»

Ich muss lachen: «Im Ernst?»

«Ja, im Ernst.»

«Ach ja?»

«Und außerdem, weißt du, meiner Tochter geht es nicht gut ...»

«Ach?»

«Sie ist jetzt in der Pubertät und hat ... so ein ständiges Unwohlsein. Sie kann nicht richtig essen. Es ist richtig dramatisch.»

Ich verstehe sofort.

«Entschuldige, ich will jetzt nicht darüber sprechen.»

«Du ...»

«Ich will nicht, ich ertrage es nicht.»

Da ist sie, die geschlossene Tür. Die Tür, an deren Schwelle das Wort innehält. Ich respektiere das Verbot. Versichere ihm, dass ich ihm jederzeit zuhören werde, wenn er will, wenn er kann. Punkt.

Während der Rückfahrt im Nachtbus versuche ich den familiären Hintergrund dieses Dramas zu rekonstruieren. Ich stelle mir das Mädchen vor, er hat mir Fotos gezeigt, auf denen sie mit ihrer Mannequinfigur und den mahagoniroten Locken sehr elegant wirkt.

Er beschreibt mir seine Frau als unnachgiebig, sie wird schnell laut, wenn man ihr widerspricht, und ich habe heftige Telefongespräche zwischen ihnen erlebt. Andererseits lobt er sie überschwänglich als fürsorgliche Mutter. Ich habe auch festgestellt, dass es in Streitfragen, selbst wenn es um die Kinder ging, nie lange dauerte, bis er nachgab. Er hat mir erzählt, dass seine Tochter keine Auseinandersetzung zwischen ihnen erträgt, sie sagt oft, sie habe Angst vor einer Scheidung. Vielleicht ist das ihre Art, sich einzumischen, einen Weg zu versperren, der ihr unsicher, chaotisch erscheint? Man übergeht seine gefährdete Tochter nicht einfach so. Was wäre alarmierender für Eltern als dieser langsame Selbstmord im Alltag ihres Kindes, dieser Hungerstreik, ohne anderes Ziel als die eigene Zerstörung? Die häufige Abwesenheit des Vaters, sein Telefonieren hinter verschlossener Tür, seine SMS-Sucht haben ihr vielleicht die Ahnungslosigkeit geraubt. Es genügt eine Kleinigkeit, ein auf dem Tisch liegen gelassenes Mobiltelefon. Ihre Mutter sieht es nicht, weil sie es nicht will, das vermute ich übrigens auch bei Paul, aber eine übersensible Vierzehnjährige kann man nicht daran hindern, zu spüren, zu wissen, vielleicht gar zu suchen. Und eine Verteidigungsstrategie zu entwickeln, die stärkste aller Festungen um das angebetete Elternpaar zu errichten: eine Krankheit, Anorexie, Syndrom der Schwierigkeit, sich selbst anzunehmen. Es gibt so viele Gründe, eine unentwirrbare Verstrickung der Umstände. Aber vielleicht ist das, was wahrnehmbar ist, diese

Gefährdung ihrer eigenen Person, das Gottesurteil, das den Schuldigen zur Ordnung ruft, den, der weiß, für den es unmöglich wird, eine andere Entscheidung zu treffen, als zu bleiben. Ein Opfer, das zu verhindern des Vaters Pflicht ist. Auf einmal überzeugt mich diese scheinbar oberflächliche Erklärung. Ich werde sie ihm darlegen, wenn er wieder davon spricht.

Wie ist es eigentlich mit meinen Mädchen? Ich halte sie schon so lange für klein, dass sie wohl gewachsen sein müssen. Keine Sekunde habe ich gedacht, sie könnten ebenfalls etwas wissen.

X + 1423

Ich habe es getan. Ich habe seine Frau gesehen. Tagelang hat es mich gequält, ich wollte wissen oder vielmehr sehen, mit wem er lebt, bei wem er bleibt.

Es war ganz einfach, viel einfacher, als ich es mir vorgestellt hatte. Ich musste nur am Steuer meines Autos vor ihrer neuen Adresse warten. Er geht früh zur Arbeit. Ich komme später, zu der Zeit, wo die Hausfrauen eine Atempause haben, nachdem der Morgensturm vorbei ist, und daran denken, ihre Einkäufe zu machen. Zuerst kommt die Tochter heraus, ich finde sie schön, irgendwie unscharf. Sie gleitet vorbei wie ein Schatten, streift die Karosse. Anscheinend hat sie erst später Unterricht, sie hat einen Rucksack mit ihren Schulsachen und geht ohne Jacke los, ja, das hat mich verblüfft, es ist nicht sehr warm, aber sie trägt nur ein kariertes Hemd und Jeans. Ich bleibe im Auto sitzen. Ich traue mich nicht, sie direkt anzusehen, fühle mich wie bei einem Einbruch. Ich folge ihr mit den Augen im Rückspiegel, sie hat trotz ihrer vierzehn Jahre und ihrer Größe den Gang eines kleinen Mädchens.

Ich schaue auf meine Hände, sie zittern. Mir fehlt ein bisschen der Mut, zu bleiben, ein Teil von mir widersetzt sich der Vorstellung dieser Schäbigkeit, seine Familie auszuspionieren, auf seine Frau zu lauern. Ich bin im Begriff aufzugeben, umklammere das Steuer mit beiden Händen. Doch die Neugier ist zu groß, ich will wissen, woran ich bin.

Da zeichnet sich in der Tür eine große, füllige Gestalt ab, beeindruckend, aber wie gebeugt unter einem Joch. Sie geht langsam, man spürt, dass sie nichts Dringendes zu tun hat. Ich steige aus und schließe die Tür. Ich habe Fotos gesehen, das ist sie. Zwei große blaue Augen beherrschen ihr Gesicht. Außer mir vor Aufregung, folge ich ihr. Ich hatte mit einer wenn nicht schönen, so doch zumindest einnehmenden Frau gerechnet, mit – wie soll ich es ausdrücken, um Rochs Beschreibungen zu entsprechen –, mit Schneid. Und jetzt folge ich einer müden, zu schweren Frau. Einer Frau, die mit Mühe ihr Übermaß an Gewicht und Leid trägt und trotz ihrer Korpulenz zerbrechlich wirkt. Ihre Gliedmaßen sind dick, ihre Waden so breit wie meine Schenkel. Vielleicht hat er letzten Endes das gesucht, einen leichteren Körper, den Körper der Tänzerin, die ich einmal war und nicht mehr bin, aber Geschmeidigkeit und Anmut sind noch da. Ein kleiner Körper, noch voller Energie, kaum stärker entwickelt als die der rumänischen Turnerinnen, größer als sie bin ich auch nicht. Mich überkommt die Gewissheit, dass mein Körper für ihn erholsam ist, ihn entlastet, dass ihn meine Gelenkigkeit überrascht und entspannt, er spricht oft von meinen Bewegungen, von der Prise Unruhe, die ich verbreite, ohne es absichtlich zu tun, ich wirble die Luft durcheinander, mein Pferdeschwanz schaukelt, und ich renne, ich hüpfe, ich nehme vier Stufen auf einmal, ich folge mit den Füßen den Fugen im Straßenpflaster, «eine Dame macht so was nicht», hat er neulich gesagt. Der Körper, der sich an diesem Morgen vor mir bewegt, erzeugt keine Dynamik. Er schleppt sich vorwärts. Die Anmut hat den Körper verlassen, man muss sie im Gesicht suchen. In den großen Augen, den langen, platinblonden Haaren, dem Mund, der sich zu einem strahlenden Lächeln verziehen kann, ich weiß es.

Ich folge ihr, es kommt mir lange vor, unterwegs entspanne ich mich ein bisschen. Sie spürt nichts von meiner Anwesenheit, sie hat sich nicht zurechtgemacht, um auszugehen, sie ist nicht auf der Hut. Da, wo sie hingeht, steht nichts auf dem Spiel. Meine Initiative gleicht einer Vergewaltigung. Auf der großen Straße betritt sie einen Schönheitssalon, ja, tatsächlich, sie geht zu einer Kosmetikerin. Ich bleibe einen Moment vor dem Schaufenster stehen, auf dem Schild steht *Nagelstudio* und ein hübscher Name, *Peggy Sage*. Ich war noch nie in einem Nagelstudio, das ist lustig. Um zehn Uhr morgens wird man sich bei *Peggy Sage* sicher nicht drängeln. Ich gehe hinein. Sie steht vor dem Tresen und sagt zu der jungen Frau, die von hinten kommt, einen für mich surrealen Satz, ebenso unergründlich wie die Kluft, die mich von dieser nicht zu greifenden Frau trennt: «Ich habe eine Verabredung.» So also geht das Leben. Eine Verabredung im Nagelstudio. «Ja, natürlich, bitte setzen Sie sich», fordert die junge Frau sie auf. Sie lässt sich auf einen Sitz fallen, der für ihren großen Körper viel zu klein ist, einen Kosmetikhocker mit Frotteebezug. «Was tragen wir heute für eine Farbe auf?» Ich würde gern verschwinden. Dieses «wir», das ich auch beim Friseur höre, das «wir» aller Berufsgruppen, die am Menschen, an seinem Haar, seinem Körper, seinen Händen, seinen Füßen tätig sind, sich um seine Schönheit kümmern, dieses «wir» kommt mir plötzlich unanständig vor, als werde ihre Intimität da, vor mir, mitten im Laden ausgebreitet. Ich schwanke. Sie antwortet: «Violett.» Einverstanden, sehr gut, das ist in dieser Saison tatsächlich angesagt. Mich überkommt kurzzeitig Erleichterung bei der Vorstellung, dass sie auch eine Verabredung zum Epilieren hätte haben können: Achseln, Bikini? Meine Fassungslosigkeit in diesem rosa Raum ist so greifbar, dass ich schließlich die Aufmerksamkeit der beiden Frauen auf mich ziehe, obwohl ich nur so wenig Platz in Anspruch nehme. Sie drehen sich beide zu mir um: «Und für Sie, Madame?»

«Ich … ich wollte mir nur Nagellack anschauen.»

«Ja, natürlich. Da sind alle Farben, bitte schön.»

Sie zeigt mir den Aufsteller, eine Hochzeitstorte aus Lacken in allen Farben. Die andere hat mich gemustert, ohne zu wissen, dass sie die Geliebte ihres Mannes seit mehr als vier Jahren vor Augen hat. Fast wie in *Schöne Venus*. Ich werde rot, wende mich dem Aufsteller zu, gehe mit interessierter Miene um ihn herum. Die Aufmerksamkeit der anderen konzentriert sich auf ihre Hände, die sie der jungen Frau hinstreckt.

Ich nehme ein Fläschchen und gehe zur Kasse. Die Kosmetikerin macht mir ein Zeichen, «ich komme», und lässt die Hand der Frau im Stich, lässt sie buchstäblich über dem Maniküretischchen in der Luft hängen. Ich drehe mich um und sehe als letztes Bild von ihr diese Geste von größter Anmut, der Ellbogen auf dem Tisch, die Hand ein Schwanenhals, während sie auf ihren Moment wartet, die langen Wimpern gesenkt hält, auf die Finger starrt und «violett» denkt, ein verträumtes kleines Lächeln auf den Lippen. Ein Augenblick absoluter Weiblichkeit. Ich denke an die Frau auf den Virgin-Plakaten, an die absolute Anmut des dicken Körpers in der Pose. Ich zahle bar und voller Hast. Die Frau gibt mir ein Tütchen und kehrt eilig zu ihrer Tätigkeit zurück.

Draußen fliehe ich, ich renne bis zum Auto. Und da erst sehe ich nach der Farbe des Fläschchens, ich habe irgendeins genommen, ich weiß nicht mehr, was. Ich zittere wie Espenlaub, es sieht so aus, als würde ich weinen. Ich öffne das Tütchen mit tränenfeuchter Hand: violett.

X + 1490

Paris, 16. August. In den leeren Straßen jubeln die wenigen Autofahrer und finden am Steuer eine Spur der ungezähmten Natur wieder, fühlen sich wie in den Weiten des Wilden Westens. Die Motoren dröhnen, die Ampeln stehen immer auf Grün, der Weg ist frei.

In meinem Twingo genieße auch ich diesen seltenen Fluss durch die Stadt, der sie für ein paar Tage mitten im Sommer schön macht und atmen lässt. Das Telefon liegt auf meinem Schoß, aber ich rufe ihn nicht an, noch nicht. Ich zögere den Moment hinaus, da ich nach diesen langen Ferien seine Stimme wiederfinden werde, nach drei Wochen in einem Land ohne Mobiltelefon. Ich genieße dieses kurze Warten begeisterter als das andere, das lange: die Zeitspanne, die mich von dem Moment trennt, da die Worte der Sehnsucht, des Verlangens und der wiedergefundenen Liebe in mein Ohr dringen werden. Schon gestern, am Flughafen, haben mich die angesammelten Nachrichten von ihm auf meiner endlich wiederbelebten Mailbox beglückt.

Ich denke an den Beginn unserer Beziehung. Ich hatte ihm eine Tür geöffnet, die ich für schmal hielt: «Ich habe einen Mann, und ich liebe ihn», hatte ich ihm schon bei der zweiten Begegnung gesagt. Ich hielt mich für unfähig zu diesem Doppelleben, erst recht so lange. Und dann entdeckte ich die Frau, die ihren Mann, die Kinder, die Familie, die Freunde, die Kollegen hinters Licht führt und in irgendwelchen versteckten Winkeln des Hauses fieberhaft die Mailbox abhört, die den Kindern einen Kuss auf die Wange drückt und zu einem Abendessen davoneilt, die Beine von schwarzen Strümpfen umhüllt.

Dennoch bohrt der Schmerz: Meine Zerrissenheit lässt die Säure in meinem Magen überlaufen. Ich sage mir ständig, dass ich eines Tages die Kraft finden muss, dieses irrsinnige Leben aufzugeben. Das Ende seiner Ehe, das Ende von meiner oder das Ende unserer Beziehung durchzusetzen. Das Dilemma bleibt ungelöst in der Zone der Unentschlossenheit.

Im Moment bedeutet das Ferienende Wiedersehen und Küsse. Bald. Aufgeregt nehme ich das während meiner Abwesenheit von anderen benutzte Büro wieder in Besitz, Stapel von Post und Zeitungen, Spuren skrupelloser Eindringlinge, leere Dosen, Kippen.

Mein vertrauter Mac hat alle Mails des Sommers aufgehoben, er startet mit einem kleinen Schrei, in dem sich geradezu menschliche Überraschung und Herzlichkeit mischen.

Ich ziehe das selbst auferlegte Warten genüsslich in die Länge: erst die Mails, dann Roch anrufen. Mich noch ein bisschen sehnen.

Eine Spalte roter Fahnen taucht auf dem Bildschirm auf, daneben die Namen der Absender: meine neuen Nachrichten. Die Liste ist nicht so lang, höchstens eine Viertelstunde Arbeit. Ich öffne sie nach einer nur mir verständlichen Ordnung, sortiere, archiviere, lösche. Das Beste hebe ich mir zum Schluss auf, die privaten Mails. Als letzte die von Claire, meiner Freundin aus Australien, die nie mit Neuigkeiten geizt. Wie geht es ihr? Sie möchte auf den alten Kontinent zurückkehren. In diesem Sommer hat sie während ihrer Ferien in Frankreich hier und da ein paar dienstliche Termine gehabt; sie würde gern mit einem Job zurückkommen. Ich weiß, dass sie sich darauf vorbereitet, einen Ehemann zu verlassen, den sie schon lange nicht mehr liebt, und dass sie eines Morgens mit ihren Töchtern ein Taxi zum Flughafen nehmen wird. Claire gehört zu den Frauen, die die Natur nicht mit den Gaben der Schönheit überschüttet hat, vielleicht weil sie mit zu viel Intelligenz ausgestattet wurden. Diese Ungerechtigkeit zerreißt sie, das ist ebenso schmerzhaft wie anrührend. Unter ihrem eisernen Willen verbirgt sich die Verletzlichkeit, nicht den Körper zu haben, den sie verdient. Das macht ihren Charme aus, eine verborgene Schwäche, die sich nie offenbart, sondern in einem lebendigen, entschlossenen Geist Zuflucht findet.

Mein Blick gleitet rasch über die Banalitäten ihrer Rückreise nach Australien. Er stolpert über das Ende der Nachricht:

«Seit unserer ersten Begegnung entsteht eine ganz besondere Beziehung zwischen Roch und mir, bisher eher virtuell als real und absolut platonisch, da uns Ozeane trennen. Sagen wir eine telefonische und kybernetische Vertrautheit … Ehe ich über eine gemeinsame Geschichte nachdenke, würde ich dir gern live eine Frage stellen, die, glaube ich, nur du mir beantworten kannst. Ich danke dir jedenfalls, dass du ihn mir vorgestellt hast, er ist die beste Überraschung dieses Sommers.

Ruf mich bald an.

Claire»

Ich spüre, wie mich eine unangenehme Hitze überfällt, im Handumdrehen überschwemmt mich eine Welle von Angst und Eifersucht. Nackte Verzweiflung zerreißt meine Eingeweide. Das habe ich schon lange nicht mehr gespürt. Kiefer und Zunge unterdrücken die Übelkeit. Meine Hände zittern, mein Herz rast. Das ist nicht wahr, das kann er nicht getan haben.

Ich habe keine Mühe, die Geschichte nachzuverfolgen, die wenigen Tatsachen zu verbinden, die nicht den geringsten Verdacht bei mir geweckt hatten. In diesem Sommer hatte Claire auf meinen Rat und durch meine Vermittlung Roch getroffen, er konnte ihr einen Job anbieten, und ich dachte sofort, dass die Aufgabe sie locken würde. Sie hatte ihren Sommeraufenthalt genutzt, um ihn kennenzulernen. Ich hatte es richtig eingeschätzt, er fand sie wie geschaffen für diese Arbeit und «interessant»: «Die hat Mumm, genial!» Ich fand seine Begeisterung etwas übertrieben und wunderte mich, dass er schon so viel über sie wusste: ihren Filmgeschmack, ihre bevorzugten Reiseziele, ihre Schwierigkeiten bei der Kindererziehung … Ein normales Vorstellungsgespräch, auf das jedoch ein langes und angenehmes Mittagessen gefolgt war. Er hatte mir nichts verheimlicht, und ich hatte darin nichts Alarmierendes gesehen. Er hatte mir erklärt, dass eine Frau, die imstande wäre, allein mit ihren Kindern von einem fernen Kontinent zurückzukehren, nur um ihr Leben zu ändern, für ein Unternehmen die ideale Kandidatin sei. Ich hatte die zynische Lust verspürt, ihn zu fragen, ob er in seinem Leben schon einmal solche Offenbarungen von weiblichem Mut erfahren habe. Und in welchem Alter zum ersten Mal? Nein, wirklich! Ich hatte mich jedoch zurückgehalten, denn ich wusste, dass er mir meine weibliche Überempfindlichkeit und meine Humorlosigkeit in dieser Frage vorwerfen, dass er sich mit einem Scherz aus der Affäre ziehen würde, auf nette Art, weil er die Frauen viel mehr als die Männer liebt, bei der Arbeit und im Leben. Claire fand das Angebot sehr verlockend, lehnte es dann aber doch ab. Das hatte er mir enttäuscht erzählt, bevor ich in den Urlaub fuhr. Natürlich wusste sie nichts von meiner Beziehung zu ihm, irgendwie gefiel mir die Vorstellung, dass eine meiner Freundinnen ihn kannte, ohne etwas zu wissen.

Auf der anderen Seite des Erdballs schläft Claire mit geballten Fäusten neben einem Mann, der nur noch Gleichgültigkeit in ihr weckt. In Roch verliebt. Ich kenne sie gut genug, um zu wissen, dass sich die große Gefühlsmaschine mit der ganzen Kraft ihres leidenschaftlichen Charakters in Gang gesetzt hat. Warum hatte ich das nicht vorhergesehen? Hatte ich vergessen, dass Rochs Verführungskraft fast bei jeder Frau wirkt, dass er einen starken, verwirrenden Charme ausstrahlt? Vor allem am Telefon, wegen seiner Stimme. Einer Männerstimme, die

die Essenz der Männlichkeit bewahrt und dennoch einen Anteil an Weiblichkeit offenbart. Komm herein, Sanftheit, du gehörst auch mir.

Naiv, sorglos, blöd genug, zu glauben, das alles sei allein mir vorbehalten.

Als Postskriptum steht noch in Claires Mail, dass sie unterwegs und erst in zwei Tagen zu erreichen ist. Das ist mehr, als meine Kaltblütigkeit ertragen kann.

Aber er ist da. Er wird es mir sagen, erklären, er kann sich nicht entziehen. Ich wähle die Nummer. Da, wo er ist, weiß er schon, wer anruft.

Seine Stimme. In seiner Intonation, der Art, sie zu variieren, das Gespräch plötzlich vertraulich klingen zu lassen, eine diskrete und delikate Tür zur eigenen Intimität oder der des anderen zu öffnen, offenbart sich eine feine Erfahrung, ein untrüglicher Geschmack für die weibliche Seele und darunter, was noch schwerer wiegt, für das Abenteuer der Körper.

Er ist kein schöner Mann, er ist ein «guter Mann», wie die Schwiegermütter sagen. Haltung, eine fließende und entschlossene Weite in den Bewegungen und seinem Schritt, schützend und galant in jeder Geste für eine Frau. Nur das vom tiefschwarzen Haar eingerahmte Gesicht bleibt hart, angespannt, bis kurz vor der höchsten Hingabe der Lust, die er stets hinauszögert, darauf bedacht, zuvor den anderen an den Rand des Sichvergessens zu führen, das dann auch ihn übermannt.

Ich habe mich in diese Stimme verliebt, wie anmaßend, zu denken, ich sei die Einzige! Natürlich sagt er mir, dass unsere Liebe ihn ausfüllt und für einen Moment lang eine

Suche unterbricht, die, wie er zugibt, zwanghafter war, als er gewollt hätte. Das Glück und die Ausgeglichenheit, die er aus unserer Liebe schöpft, sind nicht gespielt. Zum ersten Mal sei er lange einer Geliebten treu, behauptet er. Und auch jenseits der fünfundvierzig lässt seine Verführungskraft nicht nach, ganz im Gegenteil. Warum sollte sie? Verleihen doch die Reife und das Glück, zu lieben und geliebt zu werden, diesem anziehenden Mann noch zusätzlichen Charme. Was sagt er zu den Frauen, die er trifft? Was macht er mit ihnen? Natürlich gefällt er ihnen, das habe ich schon bei der ersten Begegnung gespürt.

«Guten Tag.»

Es ist ein Liebesgruß, zärtlich und sanft.

Meine trockene Antwort überrascht ihn.

«Stimmt was nicht?»

Lesen wir ihm lieber die Mail vor. Meine Stimme stockt bei den Worten. Ich spüre, wie er am anderen Ende die Fassung verliert. Er protestiert heftig, sagt, dass er nichts getan habe, dass sie verrückt sei, eine Lügnerin, «deine Freundin».

Ich explodiere: «Aber damit sie darauf kommt, muss es doch wohl zwischen euch irgendwie gefunkt haben!»

Ich weiß, dass seine Natur ihn dazu bringt, diese Macht über den anderen bis zur Unterwerfung auszuüben. Dass er es über alles liebt zu gefallen. Bis das Begehren des anderen das eigene weckt. Kann sich das Begehren nur bei einem entfalten, wenn es kein Echo beim anderen spürt?

Ich sage es ihm. Ich kenne seinen Narzissmus und erinnere ihn mit scharfen Worten daran. Er gibt zu, dass er sich mit meiner Freundin aus Spiel und vielleicht aus Gewohnheit dazu hat hinreißen lassen, mit der vagen Absicht, sie, die Starke, die Verkopfte, nach einem Treffen und drei Telefongesprächen wie einen Backfisch ihm erliegen zu sehen. Meine Vorwürfe stocken. Ich spüre, dass er unglücklich ist und sich schämt. Er will Claire anrufen, um dieser Zweideutigkeit ein Ende zu machen, ich bringe ihn davon ab.

Am Ende dieses Gesprächs ist seine Schwäche zutage getreten. Sie offenbart sich meinem Blick und seinem. Warum müssen wir Abgründe bei denen wahrnehmen, die wir gern für immer blind lieben würden?

Der Hörer liegt auf meinem Schreibtisch zwischen den Heften von *Fashion Daily*, die ich nicht auspacken werde, den lächerlichen Zeugen einer Kluft. Schweren Herzens beende ich das Gespräch. Plötzlich sehe ich ihn wie ein verwöhntes Kind. Wie einen dieser Männer, die nicht über die Frauen nachdenken, die sie nach einer Begegnung verstört und in einem plötzlichen Begehren verloren zurücklassen, das auf kein Echo mehr stößt. Weil ihr Verlangen zu heftig wird und weil der Mann nicht mehr sicher ist, ob er sich darauf einlassen will. Ein Spiel, wie gesagt.

Ich weiß, dass er Claire vorher verlassen hat, genau davor. Vor dem Abgrund. Im Zweifel, in der Ungeduld. Vor dem Geheimnis und vielleicht vor der Liebe. Er lügt nicht, ich bin mir sicher. Ich dachte nur, er habe keine Lust mehr auf dieses Spiel. Man weiß nie, was man mit dem anderen erlebt.

Claire ruft mich gleich nach ihrer Rückkehr an, sieben Uhr dreißig, Sydney-Zeit, kaum hat sie ihre Koffer abgestellt, ohne Umschweife:

«Ich wollte dich fragen: Macht er das immer so?»

«Nein, ich glaube nicht, soviel ich weiß, nicht.»

Ich kann die Mail nicht löschen. Kaum ein Kilobyte, erstarrt im Speicher meines Computers. Sie ist da wie ein Riss. Sie tut ihr Werk.

X + 1491

Ich habe mich wieder übergeben. Diesmal habe ich es vorher gemerkt. Ich bin ordentlich erbrechen gegangen, auf die Toilette, nach dem Essen. Zuerst habe ich, überschwemmt von hässlichem Schweiß, über die Schüssel gebeugt gekämpft, ich habe versucht, es zu verhindern. Warum starre ich hinein, wo doch nichts kommen soll, nichts kommen kann. Dann habe ich dem Befehl meines Körpers mit einem Schluchzen gehorcht. Nein, du kannst es nicht behalten. Ich brauchte eine Viertelstunde, um wieder zu mir zu kommen. Danach habe ich mir am Waschbecken den Mund gespült und bin an meinen Schreibtisch zurückgekehrt. Das Telefon klingelte, er war dran, in Hochform. Ich habe meinem Herzen noch mal Luft gemacht, ein zweites Mal mein Elend in Worten, meine Wut ausgekotzt, gesagt, dass das Maß voll sei. Ein Schlamm der Bitterkeit, die mich auf kleiner Flamme umbringt, mich fertigmacht. Mich zu übergeben macht mich fertig. Um es ihm zu sagen, habe ich mich mit dem Mobiltelefon am Ohr auf der Hintertreppe versteckt. Er antwortet, dass es nicht so ist, dass das nicht möglich ist, dass ich spinne. Dass er über Claires Mail nachgedacht hat und nichts versteht.

Mir ist so, als hätte er mir irgendwann, als wir über meine Phobie gesprochen haben, erzählt, dass er sich zum Erbrechen bringt, wenn er sich nicht gut fühlt. Und dass es ihm danach besser geht.

X + 1526

Das Missverständnis mit Claire hat Verwirrung gestiftet, einen Schatten auf die Affäre geworfen.

Vielleicht kommt in jeder Liebe ein Moment, wo die perfekte Symmetrie zerfällt, wo der eine stärker engagiert ist als der andere. Der Teil des Hirns und des Herzens, den ich bei ihm einnehme, kommt mir seit dem «Claire-Zwischenfall» plötzlich unendlich viel kleiner vor als der Raum, den er sich in mir angeeignet hat. Nachdem das Feuer gelöscht war, hatte ich ihn gebeten, Claire die Wahrheit über unsere Beziehung zu sagen und sich zu entschuldigen, aber er hat beides nicht getan. Das ist der Beweis, dass er keine Lust hatte, sie zu enttäuschen oder als Rüpel dazustehen. Mit kühlem Kopf war es ihm wichtiger, sein Image zu wahren, als meine Wunde zu heilen.

Ich verlasse das Büro, draußen herrscht der Altweibersommer. Auf dem Bürgersteig des Faubourg Saint-Martin ist es wärmer als im August. Ich werde ihn anrufen und beim Gehen mit ihm sprechen, das ist einfacher. Das Bedürfnis zu laufen ist plötzlich schrecklich dringend.

Ich wähle seine Nummer, es ist dreizehn Uhr, Mittagszeit, aber er ist allein in seinem Büro. Er wundert sich über die Kälte meiner Stimme. Zuerst laufe ich schnell, und die Vorwürfe schießen im Rhythmus meiner Schritte hervor: «Ich wäre nie auf die Idee gekommen, jemanden anzumachen, nicht mal unbeabsichtigt, niemals, hörst du, ich kann und will mit niemandem kokettieren, solange du in meinem Leben bist, warum hast du noch Lust dazu? Was bedeutet das? Liebst du mich nicht? Bist du bereit, andere Geliebte zu haben? Na? Warum nicht? …» Ich spüre, wie er unter dem Gewicht meiner Schmährede zusammensinkt. Er schweigt. Ich fange wieder von vorn an. Da explodiert er: «Sag mal, was wirfst du mir eigentlich vor? Da ist nichts, aber wirklich gar nichts passiert, hörst du, es ist nicht meine Schuld, wenn deine Freundin sich etwas einredet, ich habe sie nicht angemacht, wie du behauptest, ich habe nichts geplant, nichts versucht, nichts …» Aber ich kenne Claire, sie denkt sich das nicht aus. Ich gehe langsamer und höre mich sagen: «Ich möchte lieber, dass wir aufhören, wirklich, es ist mir lieber, ich leide schon genug wegen dir, lass uns aufhören, bitte …» Ich lege auf. In der Rue du Château-d'Eau setze ich mich auf eine Bank an dem kleinen Platz vor der Feuerwehrkaserne. Kollegen aus meinem Büro, die vor dem Réveil du 10e sitzen, rufen mich. Ich tue so, als hätte ich sie nicht gehört und würde eine SMS schreiben. Ich flüchte in die Markthalle, um meine Tränen vor den Blicken der Kollegen und der Passanten zu verbergen. Gleichgültig gehe ich an dem Fleischstand vorbei, dessen Eigentümer verhaftet wurde, weil man seine Frau zerlegt in einer seiner Tiefkühltruhen gefunden hatte. Ich mache einen Bogen und gehe am Schusterstand wieder raus, komme zum zweiten Mal an meinen Kollegen vorbei, die in das Kauen ihres Aubrac-Steaks vertieft sind, gehe die Rue Château-d'Eau wieder hoch und biege zum Canal Saint-Martin ab. In der Rue des Vinaigriers nehme ich die kleine, verlassene Passage, die zur Rue des Récollets führt. An deren Ende fließt der Kanal. Ich habe es ihm gesagt, ich habe es gesagt. Wie bin ich nur auf diesen absurden Satz gekommen? Warum habe ich «aufhören» gesagt. Ich wollte doch nur «reden» sagen. Ja, ich wollte sagen: «Ich möchte, dass wir reden», genau, aber dann kam ein anderes Wort, das nichts mit dem zu tun hat, was ich denke, was ich will, ich habe einen Fehler gemacht, das ist nicht wieder gutzumachen. Meine Tränen fließen unentwegt, ich gehe über den Kanal, komme zurück, ich habe das Gefühl, weit weg zu sein, als hätte ich mich verlaufen, ich erkenne das Gebäude des Schulhefteherstellers Clairefontaine, Ironie des Schicksals, meine sprudelnden Tränen vor der Firma mit dem Brunnen im Namen, dann gehe ich zurück in Richtung Büro, muss wieder über die Straße, es ist schon spät, ich gehe in den Stella-Cadente-Laden, die Verkäuferin, die mich gut kennt, bietet mir einen Stuhl an, und ich sehe auf einem Bügel einen sehr hübschen Rock aus blasslila Tüll mit leuchtstiftorangem Saum, ich ziehe das Tutu an, bezahle es weinend und gehe mit dem Tutu am Leib und meinem Bürorock in einer Tüte zurück, kurz vor der Rue du Faubourg bleibe ich wie immer vor dem Waffenladen stehen, im Schaufenster liegen unglaubliche Revolver und schärfere Messer als beim Fleischer in der Rue du Château-d'Eau, vielleicht sollte ich eins kaufen, dieses ganze Metall- und Feuerarsenal scheint frei verkäuflich zu sein, das Schaufenster zur Saisoneröffnung ist zum Heulen schön, das Telefon klingelt, ich melde mich, ohne nach der Nummer zu sehen, mit einer komischen dünnen Stimme, und er sagt: «Ich kann nicht aufhören. Ich will nicht, nein, und ich kann nicht. Das ist unmöglich.»

Das Warten raubt einem nicht die Freude, weit gefehlt. Es erzeugt ein neues Vergnügen, ergötzt sich an den besonderen Situationen, die es hervorbringt. Ein Hotel, einen Ort für die Begegnung aussuchen, alles vorbereiten, damit die Freude ihren Höhepunkt erreicht. Planen, Orte und Möglichkeiten vergleichen, sich die Momente vorstellen, die, wie Perlen aufgereiht, den Abend ausmachen werden. Vorhersehen und sich an der Vorstellung erfreuen. Den Reiseführer aufschlagen, die ausgewogenen Empfehlungen des Autors lesen, die Seiten umblättern, auf neue Möglichkeiten stoßen, sie gegeneinander abwägen und schließlich zwischen den Zimmern, «wo die schöne Einrichtung mit englischen Stoffen und Tapeten harmoniert, fast alle mit Erkerfenster und Sitzecke», und anderen «mit sicherem Geschmack und sorgfältig ausgewählten antiken Möbeln» entscheiden, mit dem Risiko, sich zu irren, aber erst nachdem man beim Lesen der Kommentare – o Genie des Reiseführers – schon mehr Abende im Kerzenschein verbracht hat, als die Wirklichkeit einem jemals bieten kann.

Und dann an die Kleidung, den Schmuck denken, sich die

Wirkung eines Dekolletés, der Länge eines Kleides, eines Ausschnitts, des Saums der Strümpfe ausmalen, selbst davon so erregt werden, dass man vor dem Spiegel einen ganz kurzen Orgasmus hat, in ein paar Sekunden, nach wenigen Bewegungen von Ring- und Mittelfinger.

Vor jeder Begegnung die Aussicht auf Erfüllung in sich eindringen lassen. Diese Wonne, so dauerhaft und immer wieder existiert sie ohne das Warten? Lässt sie sich von der Unsicherheit des Ehebruchs trennen? Angeblich nährt sie sich aus dem Fehlen von Gewissheit.

Und dann die leichte Erregung des Wartens auf einer Caféterrasse, wenn der Blick an der Straßenecke die vertraute, begehrte, aber immer wieder verlorene Gestalt sucht, und der Moment, wenn sich plötzlich von hinten eine Hand auf die Schulter legt. Was gleicht dem ungreifbaren Glück, wenn der andere auftaucht, sein Gang, wenn er auf dich zukommt, leicht schwebend, getragen vom Verlangen, mit dem einzigartigen Lächeln, das aus der Tiefe der Wangen kommt, von denselben Drüsen, die dafür sorgen, dass man sich am Anblick einer Speise ergötzt, noch bevor man sie kostet?

Das Warten zählt seine Freuden eine nach der anderen, es hat auch nichts gegen Ordnung. Man sortiert darin seine Erinnerungen wie die Bücher in einer Bibliothek. Es macht einen ebenso aufmerksam für das Ergreifen von Gelegenheiten wie für ihre Organisation und die Ordnung ihres Ablaufs. Im Warten pflegt man das doppelte Talent des Opportunisten und des Planers. Das Warten lehrt einen, das Vergnügen entsprechend der festgesetzten Zeit zu dosieren. Jedes Rendezvous ist zwischen zwei Lebenssequenzen eingeschlossen, es liegt an dir, ihm Intensität zu verleihen. Das Warten ist kein Feind des Augenblicks.

Es schwelgt in tausend kleinen Freuden, umso stärker, weil gestohlen. Man fängt an, das Warten zu segnen, es dafür zu lieben, dass es einem nur seltene Momente gönnt. Es reiht die Gesten des anderen wie Diamanten aneinander. Das Warten veredelt das Gewöhnliche. Wie ein Prisma, durch das dich der Blick auf die Welt gemeinsam mit dem anderen überwältigt.

X + 1660

Die Übelkeit hat wieder angefangen. Ich brauche Titanenkräfte, um sie zu unterdrücken. Es gelingt mir nur jedes zweite Mal.

Jetzt übergebe ich mich jeden Monat. Ich übergebe mich voll Entsetzen, gerate in Panik. Ich glaube, ich werde sterben. Und gleichzeitig stelle ich mich darauf ein. Ich habe Primperan in der Tasche. Es ist widerlich und stößt mich irgendwie ab, aber manchmal geht die Übelkeit dadurch weg. Ich übergebe mich fast immer en famille, bevorzugt, wenn die anderen um mich sind. Die innige Zuneigung meiner Töchter und meines Mann stößt auf meine Passivität, meine Unfähigkeit. Ich pralle gegen ihre Liebe wie ein Auto beim Crashtest gegen die Mauer.

Ich erfahre von Roch, dass sich seine Tochter auch übergibt, wie die meisten Anorektiker. Diese Parallele des Erbrechens verblüfft mich: seine Tochter, um ihn zu halten, ich, weil ich ihn gern ausstoßen würde. Ich sage ihm kein Wort davon.

Aber ich finde eine Gelegenheit, ihm von meiner Theorie zu erzählen, nach der sich seine Tochter in Gefahr bringt, um die Beziehung ihrer Eltern zu retten. Er reagiert skeptisch und etwas ratlos.

Erbreche ich Roch oder mich? Wer stößt mich mehr ab? Ich stelle fest, dass ich neuerdings Mühe habe, seinen Vornamen zu schreiben.

X + 1750

Scham, nichts zu ändern, nichts zu wollen.

Scham für den grotesken Besuch beim Gastroenterologen, der mir nach diversen Untersuchungen Gaviscon verschreibt, ein Medikament, das man Neugeborenen gegen Sodbrennen gibt.

Scham über die immer häufigere Übelkeit, an die ich mich gewöhnt habe, obwohl ich dachte, ich würde sie nicht aushalten.

Ich fühle mich immer mehr isoliert. Bisher habe ich mit niemandem über diese Beziehung gesprochen. Dabei bin ich keine Ausnahme. Um mich herum gehen Paare auseinander, lassen sich Freunde scheiden. Andere beruhigen ihre Glut oder ihr Unbehagen mit vorübergehenden Liebschaften und spielen Harmonie. Ich wundere mich, wie wenig Wirbel diese Abwege in ihrem Leben erzeugen, bis mir bewusst wird, dass meins auch so glatt wie ein Kiesel erscheint. Es kommt mir vor, als wäre ich die Einzige, die leidet.

In fünf Jahren sind meine Züge eingefallen, mein Gesicht hat seine jugendlichen Rundungen verloren, mein Körper ist sehniger und schärfer geformt, ich glaube, weniger sinnlich. Roch beklagt sich nie darüber, er ist immer noch genauso begierig nach mir. Manchmal frage ich mich, ob er diese Änderungen bemerkt. Man muss aufmerksam sein, ich zweifle daran, dass er einen so scharfen Blick hat. Er ist stark kurzsichtig. Wenn er mich anfasst, nimmt er seine Brille ab und tastet manchmal wie ein Blinder, der ein vertrautes Wesen erkennt. Ihn zeichnet die Zeit viel weniger als mich, ich sehe darin ein Männerprivileg, die dickere Haut wird weniger schnell faltig, die kräftigeren Muskeln erschlaffen weniger, die Zeichen der Zeit kommen nicht so früh, sie werden sich auch bei ihm bemerkbar machen, aber später.

Seine Karriere gerät ins Stocken und beunruhigt ihn. Was uns immer noch hält, ist die innige Vertrautheit. Und außerdem kühlt die Lust, geschürt durch die Seltenheit unserer Begegnungen, niemals ab.

X + 1812

Bevor ich ihn treffe, dusche ich schnell und kontrolliere, dass ich perfekt epiliert bin, dass es nichts Unschönes um den Schamhügel gibt, auch nicht in den verborgenen Falten der Beine, unter den Schenkeln und den Knien. Was normalerweise zu tun ist, habe ich gestern erledigt. Bloß nicht am selben Tag epilieren, damit die roten Punkte, die vom gewaltsamen Entfernen der Haare künden, Zeit haben, zu verschwinden. Aber man darf es auch nicht zu lange vorher machen, dann verdirbt womöglich ein leichtes Nachwachsen die absolute Zartheit.

In meinem Zimmer, vor der Kommode, zögere ich kurz. Ich öffne die obere Schublade, die mit der Unterwäsche, und starre hinein. Vor meinen Augen liegen, sortiert von den dunkelsten bis zu den hellsten, meine Unterhosen und Büstenhalter. In bald fünf Jahren haben sich hier die vollständigen Kollektionen von Princesse Tam Tam, Lejaby, Ravages und Chantal Thomass angesammelt, dazu ein bisschen Fifi Chachnil, ein bisschen Eres, ein bisschen Etam, wir sind ja offen, Fall & Winter, Spring & Summer, ja, es gibt durchaus Jahreszeiten bei der Wäsche, dann noch ein paar Strumpfhalter und zwei, drei ausgefallene Sachen, ganz hinten versteckt, mit dunkler erotischer Macht. Ich stelle mir vor, dass mich Linda, deren Blick und Hand manchmal an diesem Zeug auf dem Wäschetrockner hängen bleibt, für eine Nutte hält. Dass meine Töchter das alles schon lange aufgestöbert haben und beim Anblick dieser geheimnisvollen, aber schändlichen Accessoires errötet sind. Ich denke auch, dass ich sie für ihn aufhebe, ja, dass ich sie bewahre, dass ich im Alltag, für meinen Mann, etwas weniger heiße Unterwäsche anziehe, zum Beispiel weihe ich neue Teile nie mit ihm ein. Auf einmal stößt mich das ab. Habe ich es satt. Ich weiß auch nicht, ich habe zu nichts Lust, ich fasse einen Büstenhalter aus schwarzer Spitze und einen High-Waist-Slip aus Satin mit einem Knoten ins Auge, mich überkommen Mutlosigkeit und Überdruss. Warum? Wozu ist das gut? Wird er seine Frau deshalb verlassen? Und sie, was zieht sie an, damit er mit ihr schläft? Nichts, sie läuft weiter in Jeans und Petit-Bateau-Schlüpfern rum.

Einen Moment lang sitze ich nackt und mit Bitterkeit in den Mundwinkeln auf dem Bettrand. Dann muss ich die unheilvollen Gedanken wegschieben, den Schwung finden, den ich brauche, um die Wohnungstür hinter mir zu schließen, in der Kälte Paris zu durchqueren und mich in seine Arme zu werfen, endgültig zu akzeptieren, dass dieses ganze Sexspiel zu unserer Beziehung gehört, den Schwung, um mich geschmeichelt zu fühlen, weil sein Verlangen anhält, ja sogar stärker wird, je mehr Zeit vergeht, um darin eine echte Bindung an meine ganze Person, den Körper und den Rest zu lesen und das Hotel zu akzeptieren, nicht immer vier Sterne, wie man es erträumt.

Ich höre die Kinder in der Küche lachen, höre die fröhliche Stimme der Babysitterin, und plötzlich habe ich riesige Lust hierzubleiben, mich in einen warmen Pyjama zu kuscheln und meine Mädchen in mein Bett zu holen, eine rechts, eine links, um wieder und wieder die Folgen von *Desperate Housewives*, 1. Staffel, auf meinem Computer zu sehen, die Kleine den Daumen tief im Mund, die Große die schwarzen, leidenschaftlichen Augen starr auf den Monitor geheftet.

Die Tür knallt, und ihr Vater kommt herein, sie stoßen einen Jubelschrei aus und stürzen sich in seine Arme, das alles höre ich. Ich habe einen Abend mit Kunden angekündigt. Komm schon, ich muss los, alles ist gut. Ich schließe leise das Wäschefach, ziehe hastig Strümpfe, Unterhose, Büstenhalter, Kleid an, besprühe mich mit einem raffinierten Parfüm und verschwinde fast im Laufschritt, werfe meiner kleinen Welt mit gespitzten Lippen einen flüchtigen Kuss zu, Mama, du bist so schön.

Draußen packt mich die Kälte, ich stürze in die Metro und fühle mich dort wie ein Eindringling, eine Zielscheibe, fehl am Platz in diesem allzu eleganten Aufzug, ich sehe niemanden an, das ist besser so.

Place de l'Opéra steige ich aus, gehe zur *Fontaine Gaillon* und betrete das Restaurant von Gérard Depardieu, der mit Freunden in einer Ecke sitzt, sie sehen mich an, während ich mich setze, ich bin die Erste. Sie recken die Köpfe, ich trage Netzstrümpfe und hohe Absätze, ein ziemlich kurzes und dekolletiertes Kleid, obwohl man das nie kombinieren soll, das ist vulgär, außerdem wissen die Männer dann nicht, wo sie hinschauen sollen. Im Spiegel über der Bank sehe ich mein Gesicht, das eines verlorenen kleinen Mädchens. Ich bestelle ein Perrier mit Zitrone, um auf ihn zu warten. Er kommt nicht, und vom Tisch von Depardieu, der in die Küche verschwunden ist, treffen mich die halb besorgten, halb amüsierten Blicke dieser reifen Männer, Wohlwollen, gemischt mit Anteilnahme und ein wenig Spott … Ich fühle mich gedemütigt. Es folgen lange Minuten der Einsamkeit, Roch ist mehr als eine halbe Stunde zu spät, ich bekomme eine SMS. Und dann ist er da, mit wehendem Mantel. Depardieus Gäste mustern ihn, und ein beifälliges Lächeln huscht über ihre Gesichter. Er dreht sich zu ihnen um, ein Blickwechsel zwischen Männern, wie man ihn sicher auch bei großen Raubkatzen beobachten kann, zu viel Testosteron in der Luft, die Vibration überträgt sich von ihrem Tisch auf unseren, dann findet alles wieder seine Ordnung. Kommentare? Nein, keine Kommentare. Er setzt sich, ziemlich genervt, nimmt sofort meine Hand und seufzt. Ich schaue weg, ich könnte schreien. Wie schafft er es, mich zu sich zurückzuholen? Ich spüre seine Liebkosung auf meiner Hand, dann drückt er sie zwischen seinen und hält sie über den Gläsern fest, in einer für mich unbequemen Haltung, und seine Geste sagt: «Bitte, sieh mich an, wir können nicht lange so bleiben.» Seine Beine umklammern meine unter dem Tisch, er will nur eins: dass wir unser Gespräch fortsetzen. Ich lasse es wiederkommen, allmählich den Raum und die Zeit zwischen uns einnehmen. Er hat meine Hand losgelassen, ich sage nichts von dem Zweifel, der mich zu Hause gepackt hat, von meinem Bedauern, nicht die Ehefrau zu sein, die mein Mann verdient, von der Trägheit, die ich überwinden musste, um bis zu ihm zu kommen, von der Müdigkeit. Er schafft es, mich mit dem Einsatz und der Energie, die mir fehlen, aufzuheitern. Am Ende der Mahlzeit, wir sind schon aufgestanden, hilft er mir in den Mantel und sagt vorsichtig und etwas verlegen: «Ich habe das Zimmer für heute Abend storniert, ich muss morgen ganz früh nach Frankfurt fliegen.» In mir regt sich Überraschung, sogar Ärger. Er spürt es und besinnt sich: «Aber wenn du willst, gehen wir trotzdem hin.» Ich sehe ihn an, greife mit beiden Händen nach seinen Schalenden, küsse ihn auf den Mund: «Nein, ich bin auch müde.» Als ich mich ins Taxi setze, überfällt mich die Erleichterung. Ich komme früher als vorgesehen nach Hause, aber die Wohnung ist still, alles schläft. Ich ziehe mich im Badezimmer aus und lege mich im Dunkeln neben Paul, ich habe Lust, ihn zu umarmen, und halte mich zurück. Ich habe vergessen, den Wecker für morgen früh zu stellen, und mache kurz die Nachttischlampe an. Da sehe ich am Schlüssel des obersten Kommodenschubfachs, dem Wäschefach, einen Strumpfhalter aus schwarzer Spitze in der friedlichen Nacht schweben.

Das Warten ist ein allmähliches Verlassen.

Je mehr ich auf den einen warte, desto mehr verlasse ich den anderen. Das kommt langsam, aber sicher, mit den kleinen Abwesenheiten – woran denkst du? An nichts – und den Fluchten – ich muss noch was erledigen, bin gleich zurück. Die Unaufmerksamkeit wächst. Aufmerksamkeit schenke ich ihm nur, wenn ich die Wirkung meiner Lügen auf ihn überprüfe. Aufmerksamkeit schenke ich ihm nur, wenn er sich mir nähert, um mich zu berühren, dann versuche ich, den Mann von früher zu erkennen, den, der nicht betrogen wurde. Verhält er sich genauso wie vorher? Seltsamerweise ändern sich beim Warten die Gewohnheiten, auch die sexuellen, nur unmerklich. Es gibt keinen Grund für Veränderung, solange man wartet.

Dennoch hat sich in sein Verhalten mir gegenüber eine zurückgehaltene Heftigkeit, eine schroffe Gewalt, eine innere Spannung geschlichen. Manchmal habe ich das Gefühl, es fehlte nur wenig, damit er explodiert. Das Warten lässt es mich ignorieren, es setzt mir Scheuklappen auf, was mir halbwegs bewusst ist.

Seltsamerweise verändert das Warten das Alltagsleben nu- wenig. Man reist, unternimmt Wochenendausflüge, empfäng- Freunde. Diese familiäre und soziale Kontinuität ist genau das was das Warten erträglich macht. Wenn man alles verlasser müsste, würde man weniger lange warten, man würde es müde werden. Aber das Warten teilt gern, das Warten ist nicht geizig, man kann durchaus etwas anderes machen, während mar wartet, das stört nicht. Überhaupt macht man alles ganz leicht mit einer trügerischen Leichtigkeit. Was einem sonst manchmal schwer oder eintönig vorkommt, die Verwaltung und Organisation des Lebens, der Schule, der Ferien, erledigt mar ganz mühelos, ohne Anstrengung. Das Warten erscheint wie ein tieferer Zweck, man wird sich doch nicht von etwas anderem belästigen lassen, wenn man nebenher so ein Titanenprojekt hat. Das ist übrigens der für alle Frauen nützliche Beweis, dass ein bisschen weniger Engagement der Erfüllung der Aufgaben nicht schadet, sondern nur den Stress mindert, und dass man gut daran tut, das Alltagsleben so zu nehmen. Es sc zu nehmen, als hätte man noch etwas anderes zu tun.

Trotzdem besiegelt das Warten die Entfernung vom Nächsten. Es ist nicht kompatibel mit der Aufmerksamkeit, der Behutsamkeit, die man jeden Tag aufbringen muss, damit ein Paar bestehen bleibt. Das Warten betäubt die Sensibilität für alles, was nicht warten ist. Man müsste kleine Anzeichen bemerken, auf die unterschiedlichen Stimmungen des anderen, eine winzige Änderung des Tons reagieren können. Das aber kann man nur noch bei dem, auf den man wartet.

Beim Warten vergisst man auch, dass alles uns verrät, gerade diese Leichtigkeit, die Fröhlichkeit, die plötzliche Fähigkeit, alles zu akzeptieren, alles für möglich zu halten. Zu Allerheiligen zwei Tage mit den Mädchen in eine unbeheizte Festung in der Dordogne fahren, mit einem Abstecher zu Freunden in Limoges? Na klar.

Und vor allem gibt es das ständige Bedürfnis, sich mit dem Mobiltelefon abzusondern, die Gewohnheit, immer die Tasche mitzunehmen, zum Wandern, zum Strand, auf die Toilette. Dem, der es sehen will, springt es ins Auge. Er hat es gesehen.

X + 2920

Ich sitze im Zug nach Lyon. Ein dienstlicher Vorwand führt mich dorthin. Es ist das erste Mal, dass ich Roch in dieser Stadt treffe, für die ich eine Schwäche habe. Seit er dort lebt, treffen wir uns in Paris, wo er oft beruflich zu tun hat. Er hat die Hotels in Montparnasse, die ich gern mochte, zugunsten von Adressen in der Nähe der Opéra oder sogar des Mercure am Gare de Lyon, unter der Turmuhr, aufgegeben. Mein Ausflug ist ein Geschenk des Himmels. Ich weiß, dass wir in Lyon ruhiger sein werden als in Paris, und er wird mich in seine Wohnung führen, die seine Frau verlassen hat. In seinem Leben ist nämlich etwas geschehen. Seine Frau ist weggegangen. Vier Worte, die unwiderruflich klingen, aber eine andere Wahrheit verbergen. Weil sie genug davon hatte, Roch bei seinen verschiedenen beruflichen Kurswechseln zu folgen, ohne «sich selbst zu verwirklichen», ist sie nach Angers zurückgekehrt und wird dort ein Geschäft aufmachen. Er fährt am Wochenende so oft wie möglich hin, sie ist mitten in den Vorbereitungen für die Eröffnung, und er hilft ihr dabei. Nun, da sie ein eigenes Projekt hat, erfüllt er seine Pflicht. Finanzielle Unterstützung, Ratschläge, juristische Konstruktion, ich erfahre, dass er sich um alles kümmert, genauer gesagt, dass es nichts gibt, worum sie ihn nicht bitten könnte, weil sie denkt, sie habe so sehr zu seiner Karriere beigetragen, dass sie sich jetzt ihre eigene leisten könne. Meine feministische Ader kann dem natürlich nicht widersprechen.

Die Position der Gattin lässt sich in drei Worten zusammenfassen: Ich bin dran. Damit gibt sie ihm zu verstehen, dass sie nicht zu kurz kommen will und dass mit fast fünfzig Jahren für sie die Stunde gekommen ist, zu tun, wozu sie Lust hat. Ich denke allerdings, dass sie, Hochschulabsolventin wie er, bis jetzt auf eigenen Wunsch wenig gearbeitet hat, dass sie es war, die aufhören wollte, um ihre Kinder besser und bequemer großzuziehen, dass sie ihn später von sich aus gebeten hat, ihr eine Halbtagsstelle im Unternehmen eines Freundes zu besorgen, und zwar in einer Position, bei der Halbtagsstellen selten sind. Sein absoluter Gehorsam für jeden Wunsch seiner Frau ist mir von Anfang an aufgefallen. Jetzt verschweigt er ihn mir, weil er nur allzu gut weiß, dass er mich damit quält. Das Bewusstsein seiner Schuld ihr gegenüber wächst mit der Zeit, verstärkt durch die Schuld wegen unserer Beziehung. Diese Schuld setzt sich am empfindlichsten Ort fest, bei seiner Tochter. Ihre ganze Zeit, ihre ganze Geduld hat sie unermüdlich für ihre Tochter hingegeben. Ich frage mich, ob ich vielleicht weniger großzügig war, obwohl ich gearbeitet habe. Ich habe nicht das Gefühl. Woher kommt es, dass Frauen, die arbeiten, von ihrer unmittelbaren Umgebung weniger für die Erziehung der Kinder gewürdigt werden, obwohl sie eine doppelte Last zu tragen haben, während man denen, die sich ausschließlich der Erziehung widmen, grenzenlose Anerkennung schenkt? Warum errichtet man nicht auch denen Denkmäler, die sich voller Leidenschaft in das aufreibende und verrückte Abenteuer von Arbeit und Familie stürzen? Verraten sie immer noch ihre erste Bestimmung? Ich denke darüber nach, dass die Welt nicht dazu bereit ist, und erst recht nicht dieser Roch mit seiner Ehelast auf den Schultern und seinem Schuldgefühl, das riesig sein muss. Im Zug ergreift mich ein abgrundtiefer Pessimismus, das kenne ich gar nicht von mir. Er packt mich gerade jetzt, wo mir einige Freunde sagen, dass sie keinen Pfifferling auf eine Beziehung geben, wenn die Frau woanders wohnt. Insgeheim weiß ich, dass die Anzeichen trügen und dass ihn ihr Fortgehen, das er nicht verhindern konnte, verletzt hat, weshalb er es nicht als endgültig ansehen will. Ich bin überzeugt, dass sein Schuldgefühl unermesslich wird und sich jeden Tag aus der Feststellung nährt, wie abhängig seine Frau von ihm ist: finanziell, emotional, total. Ich komme schlecht gelaunt in Lyon an, er aber erwartet mich mit einem Lächeln auf den Lippen am Bahnsteig, du hast mir gefehlt, der ewige Satz des Wartens. Die Hitze in Perrache ist erstickend, wir werfen uns in sein Auto, und er bringt mich auf ein Glas Wein zur Cour Saint Jean, in den Patio eines rosa Hotels mitten in einer Passage des alten Lyon, auf der anderen Seite der Saône. Dann gehen wir in der obersten Etage der restaurierten Oper essen. Unter uns, auf dem Platz mit seinen Wasserspielen direkt auf dem Straßenpflaster, erwacht das sommerliche Nachtleben; eine Gruppe spielt ein Lied von Joan Baez, Sacco und Vanzetti. Beim Essen steigt uns der Condrieu in den Kopf. Mein Pessimismus hat klein beigegeben, wir sind voller Freude, uns wiederzusehen, und weil wir Durst haben, erfüllt uns fröhliche Trunkenheit. Ich trage eine weiße dekolletierte Hemdbluse mit nacktem Rücken. Unser Tischnachbar, ebenfalls beschwipst, packt Roch am Arm und sagt so, dass ich es höre: «Sie haben Glück mit so einer Begleitung.» Er antwortet: «Ich weiß», nimmt meine Hand, küsst sie und senkt dann den Blick. Ich falle ein bisschen auf den Boden zurück und lasse ihn von Angers erzählen, obwohl ich es nicht hören will. Seine Frau arbeitet Tag und Nacht, wegen der Eröffnung. Er sagt, dass sie etwas Besonderes im Auge haben, er hat ihr Geld geliehen, um ein Grundstück mit Haus zu kaufen, ihre Partner haben schon einen Kundenstamm in der Gegend, und sie glauben an den Erfolg. Er sagt «wir», und erneut packt mich die Unruhe. Ich sage: «Und wir?» Nach langem Schweigen antwortet er: «Das kann ich nicht, nicht jetzt. Das ist nicht der richtige Moment. Meine Tochter ist bei mir, sie macht ihr Abitur.» Er wiederholt: «Das ist nicht der richtige Moment.» Er sagt nichts weiter, schlussfolgert nichts, erst recht nicht, dass, wenn jetzt nicht der richtige Moment ist, jetzt, wo sie gerade weggegangen ist und woanders lebt als er, nie der richtige Moment sein wird. Er nimmt meine Hand und drückt sie ganz fest. Bevor wir gehen, zieht er mich auf die Terrasse. Lyon ist prachtvoll mit seinen Lichtern. Von den Plätzen kommt ein kristallklarer Lärm herauf. Ich höre Liebesworte an meinem Ohr, er kann sie also sagen, heute noch. Wir gehen zu Fuß in die Rue de Jarante, und ich lerne seine Wohnung kennen. Sie erstreckt sich über die Herrschaftsetage eines alten Stadthauses mit einem schönen, für Pferdekutschen entworfenen Innenhof. Wir steigen eine graue Granittreppe hinauf, die den feuchten, metallischen Geruch der alten Häuser von Lyon verströmt. Die Tür öffnet sich zu schönen Räumen, die Decke ist fünf Meter hoch. Alles ist grau gestrichen, maulwurfsgrau, von dieser modernen Farbpalette. Dadurch gleicht die Wohnung einer Reihe dunkler, verschlossener Kisten, wie die schönen Schachteln von Marie Papier. Seine Lieblingslampen von Ingo Maurer haben Mühe, dem Ganzen ein bisschen Fröhlichkeit zu verleihen. Ich gehe von einem Zimmer ins andere, denke kurz an die großen Florentiner Wohnungen in patiniertem Ocker. Sein Zimmer ist das kleinste und dunkelste. In dieser Schokoladenschachtel legen wir uns hin, das Feuer unserer frustrierten Sinne trägt uns erneut in den Tanz der Körper. Im Laufe der Zeit erweist sich dieses Einvernehmen als unverwüstlich, es wiegt schwer in unserer Beziehung. Das Glück, es zu spüren. Ich nenne es die Zuflucht der Körper. Die Zuflucht der Seelen. Er fragt, wie ich die Wohnung finde. Ich antworte lächelnd:

«Schön, aber traurig.»

«Aber schön, oder?»

«Ja, schön.»

Er braucht immer diese Anerkennung. Die Flügellampe auf dem Nachttisch wirft ein schwaches Licht auf sein Gesicht, in dem keine Sorge zu lesen ist. Der Mann, der neben mir liegt, ist jetzt fünfzig Jahre alt. Er war wesentlich jünger, als ich ihn kennengelernt habe. Keine Falte hat seine Züge welken lassen. Nur ein paar weiße Haare stören das Schwarz seiner Mähne. Welche Rolle habe ich in dieser ganzen Zeit gespielt? Habe ich ihm dazu gedient, seine Vierzigerkrise zu überwinden? Seine gierige Libido harmonisch zu einer sexuellen Erfüllung zu führen, ohne seine persönlichen Konstruktionen in Frage zu stellen? Seit zwei Jahren spricht er von einem Nachlassen seiner Libido. Ich habe ihm überrascht entgegnet, dass ich nichts von abnehmender Inbrunst in unseren Umarmungen gespürt hätte. Ich vermute, dass er mit seiner Frau nicht mehr so einfach und häufig Sex hat, auch wenn ich darüber eigentlich nichts weiß. Er hüllt sich immer in Schweigen bei dieser Frage, abgesehen von dieser zweifelhaften Erklärung über seine nachlassende Lust. «Es bestätigt sich, dass die Männer hinsichtlich ihrer Manneskraft nur Unwahrheiten von sich geben können», sage ich. «Was für eine Unwahrheit?», antwortet er. Er versinkt langsam im Schlaf. Das kleine braune Zimmer erstickt mich wie ein Sarg. Die Engelsflügel der Ingo-Maurer-Lampe tanzen vor meinen Augen.

In diesem Augenblick, während seine Frau siebenhundert Kilometer entfernt ruhig schläft und nur von ihrer Boutique träumt, kommt mir in den Sinn, dass ihre Strategie unerschütterlich ist. Ignorieren und weitermachen. Nichts sehen und diese vorsätzliche Einsamkeit herbeiführen, die sie in dem gemeinsamen Projekt noch stärker verbindet. Mir kommt zum zweiten Mal die Idee, Schluss zu machen.

Am nächsten Morgen erwartet mich ein Taxi an der Ecke. Ich verlasse die Wohnung ohne Bedauern, etwas vertreibt mich, ich finde, dieser Ort verheißt nichts Gutes.

X + 2935

Die Schachtelwohnung brennt vollständig aus. In zwanzig Minuten verschlingt das Feuer ihre Sachen, ihre Fotos, ihre Reiseerinnerungen, in einem Wort: ihre Habe, schweißt ihre von einer armseligen Liebe ohne Pläne, von einer armseligen Nomadenliebe ohne Zuhause misshandelte Beziehung endgültig zusammen.

Ein eifersüchtiger Konkurrent schreibt am selben Tag in einem lokalen Wurstblatt, Lyon habe keinen Fremden auf den Zinnen der regionalen Industrie gewollt. Ich denke, dass das Schicksal mich nicht in der Schachtel wollte.

Das Warten erfüllt uns mit Mattigkeit, die Zeit zieht sich hin, wie die Trägheit des Sonntagmorgens, wenn dich die kuschlige Decke lange in ihrer weichen Wärme festhält. Alles lieber als herauskommen, der Kälte des Draußen entgegentreten.

Das Warten ist ein mütterlicher Busen, an den man sich gern schmiegt.

Es hat mich genommen, wie eine Mutter ihr Kind auf den Schoß nimmt. Es jagt mich nicht weg, ist allzu froh über seine Macht, seinen Einfluss auf das kleine Wesen, das sich in seinen Röcken verkriecht. Seine Röcke sind weit und großzügig, voller Falten, in denen man sich verstecken kann.

Im Warten ist zuerst alles schwarz, dann gewöhnt man sich allmählich an die Dunkelheit, und schließlich flieht man vor dem Licht, das zu blendend, zu verletzend ist. Nichts sehen, lieber die verschwommenen Umrisse der Träume und Illusionen als die Klarheit der Realität. Warten ist das Leben eines Kurzsichtigen ohne Brille, das Fehlen von Deutlichkeit, der hübsche, etwas verlorene Blick auf die Dinge, immer etwas neben der Spur der Wirklichkeit.

Die Ungenauigkeit. Im Warten ist die Ungenauigkeit König. Die Verzerrung wird zur Regel. Nein, er ist nicht dabei, mit seiner Frau eine gemeinsame Handelsgesellschaft zu gründen, er hilft ihr nur, sich zu verwirklichen, unabhängig zu werden, für den Tag, wenn … Nein, er kauft das Haus in Angers nicht zurück, um noch mehr im Herzen seines Familienstamms zu leben, er bereitet dort einen Ort für sie vor, damit sie zu den Ihren flüchten kann, am Tag, wenn … Das Warten ist eine Fälscherwerkstatt. Es bietet die abwegigsten Interpretationen der objektivsten Wirklichkeit an.

Das Warten ist die Herrschaft des «so gesehen».

Das Warten ist bequem. Im Warten nisten die kleinen Erbärmlichkeiten, die kleinen Feigheiten der illegitimen Abenteuer, das, was man nicht sagt, weil es nicht nötig ist. Es ermutigt die Untätigkeit, unterstützt die Lähmung, die Wiederholung des Gleichen, Tag für Tag. Es ist eine Kränkung für Bewegung und Veränderung, aber auch für alles, was uns hin zum Ende, zum Tod führt. Warten ist das Leben, mein Leben. Mein Leben, das nicht anders sein kann.

X + 3198

Wir arbeiten wieder zusammen, der eine Kunde, der andere Lieferant, wie früher. Durch meine Schuld. Ich hätte nur schweigen müssen, nichts von der Existenz dieses Mannes in Lyon sagen, der wie geschaffen ist für das Unternehmen, das seit Jahren ein Kunde meiner Firma ist. Den Rest hat Roch allein gemacht, und er ist als Sieger aus einer Reihe schwieriger Verhandlungen hervorgegangen. Ich glaube, ich habe einen Fehler gemacht. Ich hatte es geschafft, das Doppelspiel auf mein Privatleben zu beschränken, und jetzt finde ich es wie eine alte, ungelegen kommende Bekannte in meiner neuen Arbeitswelt wieder, die bisher von Lüge und Falschheit verschont war. Es war eine hart erkämpfte Errungenschaft, bei der Arbeit ich selbst sein zu können, ungeschminkt und ohne Intrigen, schließlich ist das nicht so einfach, das baut man sich im Laufe der Zeit auf, und es bedarf der Legitimität. Und nun ist auch dieser Ort erneut von einer Unehrlichkeit befleckt: meiner außerehelichen Beziehung mit einem Kunden. Ich bin verstört, auch wenn wir bei der

Arbeit die alten, wirkungsvollen Reflexe wiederfinden, eine Komplizenschaft im Handeln und Reden, eine Art «operative Komplementarität», wie es in den Management-Handbüchern heißt, die den Interessen unserer Unternehmen dient.

Aber wir verlieren. Man verliert immer, wenn es darum geht, den geliebten Menschen eher jeden Tag als jeden Monat zu sehen – dieser Satz würde es verdienen, unter die ersten zehn Plätze der Aphorismen der Volksweisheit zu kommen, einer von denen, die man früher in kleine, lackierte Holzbrettchen einbrannte. Bei jeder gemeinsamen Sitzung macht ihn seine Anwesenheit neben mir etwas gewöhnlicher.

Dabei habe ich im Verlauf dieser fast zehn Jahre bis zur Meisterschaft eine außerordentliche Fähigkeit entwickelt, Ausnahmen zu schaffen, Überraschungen zu bereiten. Das funktioniert auch in der neuen Arbeitssituation. Ich brauche nur einen neuen Dritten, den er nicht kennt, einen Kollegen oder eine Kollegin aus seinem Unternehmen oder meinem, mit dem ich eine besondere Arbeitsbeziehung entwickelt habe, um mühelos zu scherzen, irgendwie zu glänzen, meine Nummer abzuziehen. Weil ich ihm in dieser sehr anspruchsvollen und ziemlich arroganten Firma Jahre voraushabe. Aber eben das nervt mich, diese Rolle der Initiatorin, die mir die neue Situation auflädt, ich komme ihm zuvor und helfe ihm überall. Nicht nur, dass ich damit keinen Ruhm ernten kann, es ärgert mich auch. Ich mochte seine Aura als Chef, sein damaliges Format. Ich mochte es, dass er mich nicht nötig hatte.

Nötig haben, das ist genau der Begriff, der unsere neue berufliche Beziehung am besten beschreibt. Und es ist eine Einbahnstraße, von ihm zu mir, die man mit Fug und Recht für vorübergehend halten kann, weil Rochs Geschichte in der Firma erst ein paar Wochen alt ist. Diese Abhängigkeit stört mich, weil sie in mir das nicht zu unterdrückende Gefühl weckt, ausgebeutet zu werden. Geradezu benutzt. Das ist wirklich neu für mich. Vorher gab es in unserer Beziehung keinerlei Nutzen, auch wenn sie unter dem Zeichen einer beruflichen Begegnung entstanden war, aber ich hatte nie im entferntesten daran gedacht, aus persönlichem Interesse ausgebeutet zu werden.

Die bewegten und vielschichtigen Sitzungen am Vormittag, zu denen er naiv hinzukommt, sich unter Kollegen mischt, die für ihn neu sind, mit denen ich jedoch seit Jahren vertraut oder sogar befreundet bin, wühlen mich auf und verpflichten mich zu höchster Verstellungskunst:

«Du scheinst unseren neuen Chef gut zu kennen?»

«Ja, ich habe früher lange mit ihm zusammengearbeitet.»

«Er ist komisch, oder?»

«Nein, überhaupt nicht, du wirst sehen, er ist gut …»

Roch ist charmanter und aufmerksamer denn je. Ich sehe darin einen zusätzlichen Beweis dafür, dass er mich braucht. Da seine Frau in Angers ist, hat er vorübergehend eine Wohnung in einem Appartementhotel in Montmartre gemietet. Vor seinen Fenstern liegt ein Hof voller Grün, der von zweistöckigen Häusern mit Schieferdach umgeben ist. Wir treffen uns hier zum zweiten Mal, zwischen zwölf und zwei. Abends ist es nicht möglich, weil seine Tochter bei ihm wohnt, sie wird in Paris studieren. Ich nehme es ihm übel, dass er nicht daran gedacht hat, die Wochen zwischen Lyon und der nächsten Wohnung in Paris zu nutzen, um endlich freies Feld zu haben, eine kleine Wohnung für seine Tochter zu suchen und uns in dem Doppelzimmer mit blauen und gelben Übergardinen den Anschein von Freiheit zu ermöglichen. Aber er sagt nur: «Meine Tochter wird sowieso vorläufig bei mir wohnen.» Es gibt also kein freies Feld, keinen unverstellten Horizont, keine Leichtigkeit. Er erklärt: «Sie ist ja noch nicht achtzehn.» Das stimmt. Wie könnte ich ihm irgendwas vorwerfen? Er spielt seine Vaterrolle, schluckt die Reise seiner Frau zu ihrer Selbstverwirklichung, setzt seine Ehre daran, da zu sein, wo sie, die Mutter, es erwartet, der Vollzeitvater zu sein, schon richtig, jetzt ist er dran. Was habe ich in diesem Spiel über drei Banden verloren?

Meine um einen neuen Ton bereicherte Rolle in seinem Leben klärt sich: Ich helfe ihm beruflich und unterhalte ihn persönlich. Im Moment sitze ich wie eine Sammlerpuppe im Kostüm auf der blau-gelben gesteppten Tagesdecke des Appartementhotels, meinen weißen Rock um mich ausgebreitet. Ich spiele meine neue kleine berufliche, intellektuelle Macht über ihn aus, gebe mich oft geheimnisvoll: «Ach so, du willst wissen, wie du mit dem umgehen musst … gehen wir essen, ich erkläre es dir.»

Ein neues Spiel, von dem ich weiß, dass ich seiner bald überdrüssig sein werde. Höchstens drei Monate, dann wird es mich nicht mehr befriedigen, für ihn die Kniffe seiner neuen Arbeitsumwelt tröpfchenweise zu destillieren, ihn aufzuklären, ins Bild zu setzen, vor den Usurpatoren und den Schwindlern zu warnen, ihn die sicheren Werte dieses Unternehmens und die angenehmen Überraschungen entdecken zu lassen. Ich hätte Monate gewonnen, wenn das jemand bei meinem Einstieg gemacht hätte. Ich weiß auch, dass es eine Zeitlang die wahren, die intimeren Fragen aus unseren Gesprächen verbannen wird, weil er sich nur für das interessiert, was ihn voranbringt.

Während sich meine grundlegenden Fragen seit dem Beginn unserer Beziehung so wenig verändert haben: «Wann gibst du unserer Beziehung den Platz, den sie verdient?», «Wann nimmst du endlich zur Kenntnis, dass du nicht mehr mit deiner Frau zusammenlebst?» Während diese Fragen weiter unbeantwortet bleiben.

Nachdem er die Sammlerpuppe auf dem Bett umgeschubst und den Rock beiseitegeschoben hat, löse ich mich von ihm, stehe auf und öffne das Fenster zum Hof. Mit nackten Brüsten stehe ich auf dem Balkon, die Luft ist mild, erfüllt von der Fröhlichkeit von Montmartre, Lust auf Akkordeon, Weinlaube und Theke, Pariser Sorglosigkeit, die gut zu meiner gegenwärtigen Stimmung passt, morgen sehen wir weiter. Unten leert eine Raumpflegerin in einem Kittel mit dünnen blauen und weißen Streifen einen Eimer über dem Gully, ich kenne sie, sie ist letzte Woche aus dem Zimmer gehuscht, als wir hereinkamen, sie schaut nach oben und grüßt mich. Ich freunde mich mit allen Raumpflegerinnen der Welt an, sie spüren das, offenbar erkennen sie mich auf den ersten

Blick als Erbin eines wackeren alten Geschlechts. Auch wenn ich in Viersternehotels schlafe, finde ich mich spätestens nach dem Frühstück mit der Zimmerdame im Bad wieder, wo wir über die Vorteile professioneller Produkte im Vergleich zu denen, die man im Einzelhandel findet, diskutieren. Und das in praktisch allen Sprachen. Diese Vertrautheit kommt sofort, zweifelsfrei, sogar Roch hat das schon festgestellt. Sie macht ihre Zigarettenpause, und wir beginnen ein Gespräch vom Hof zum Fenster im ersten: das Alter der Vorhänge und der Tagesdecken, wie lange die Leute hierbleiben, wie wenig Sorgfalt sie diesen Wohnungen angedeihen lassen, die nicht ihre sind. «Da darf man sich nicht wundern, dass es nur noch eine Grundausstattung gibt. Wenn Sie wüssten, wie achtlos die Leute sind, sobald die Sachen nicht ihnen gehören, da sieht man so einiges …»

Ich habe meine Halbnacktheit vergessen, Roch stellt sich im Bademantel hinter mich und legt schamhaft ein Handtuch über meine Schultern und meinen Busen. Ich sehe ihn an, er wirkt gereizt.

«Was denn? Was ist los?»

Er zieht mich nach hinten, aus dem Blickfeld.

«Das ist doch peinlich für mich, komm …»

«Ach so? Peinlich? Weil sie jeden Tag in deinem Appartement sauber macht und deine Tochter sieht und weil wir kein legitimes Paar sind? Ist dir das peinlich? Vorhin war es dir aber gar nicht so peinlich, als es darum ging, mich auf dem Federbett zu ficken, ach so, das nicht … Aber jetzt ist es peinlich. Gut, wenn ich dir neuerdings peinlich bin, musst du es nur sagen.»

Im Handumdrehen überkommt mich die derbe Spottlust einer echten Megäre, und ich mache ihm die große Szene der gekränkten Geliebten. Er, der Vulgarität hasst, flüchtet ins Badezimmer. Aber alles ist so winzig, dass ihn meine Worte sogar unter der Dusche erreichen, wo er sich «scheuert, um sich von unseren Schmutzigkeiten zu befreien», «das ist dir sicher auch peinlich», und er hat das Wasser noch nicht ausgedreht, da habe ich schon mein Oberteil, meine Sandalen und meinen Rock zurechtgezogen und verschwinde, rot vor Wut, in der Metro.

X + 3245

Heute Morgen ist mein Mann weggegangen.

Gestern Abend hatte er verkündet: «Ich verlasse dich.»

Er wartete auf mich, als ich nach Hause kam. Unsere Töchter sind für ein verlängertes Wochenende bei meiner Mutter.

Als ich das Wohnzimmer betrat, fläzte er vor dem laufenden Fernseher auf dem Sofa, seine Füße in Socken auf dem Glastisch. Er hat sich nicht mal aufgerichtet, er hat es so gesagt, in dieser Position, ohne mich anzusehen, während er auf den Fernseher starrte, ich verlasse dich. Trotz meines Verrats fand ich diese Haltung und den fortwährenden Strom der Bilder und Töne aus dem Fernseher unerträglich. Er kann sehr vornehm sein. Deshalb ist das nach zweiundzwanzig Jahren Zusammenleben erst recht eine Beleidigung. Ich habe mich zusammengerissen, habe ihn gebeten, den Fernseher auszuschalten, sich ordentlich hinzusetzen, seine Füße vom Tisch zu nehmen und es mir noch einmal zu sagen. Er hat es getan: «Ich verlasse dich.»

In der zurückgekehrten Stille wusste ich nichts zu sagen. Ich habe angefangen zu weinen, dann habe ich ihn gefragt, ob er was mit jemand anderem habe. Er hat ja gesagt. Im Ernst? Ja.

Sofort habe ich gedacht, dass es ein Mann ist, und nichts gesagt.

Ich habe die halbe Nacht geweint. Er hat auf dem Sofa geschlafen.

Heute Morgen hat er weitergemacht, das magere Gespräch vom Abend fortgesetzt: «Auch wenn die Geschichte zu Ende wäre, ich will nicht mehr mit dir leben.» Punktum. Er hat also keine Geschichte mehr, aber er hatte eine, er hat sich einen echten Grund gesucht, um mich zu verlassen. Der andere, die Tatsache, dass ich ihn seit langem betrüge, das gilt nicht, das darf nicht der offizielle Grund sein, das ist nicht hinnehmbar. Er verweigert mir diese Verantwortung. Ich nehme ihm seine Unehrlichkeit übel, zugleich erleichtert sie mich an diesem Morgen irgendwie. Ich denke: «Wenn das die Geschichte ist, die er erzählen will …»

Ich weiß, dass es irreparabel ist.

Ich hatte mir die Szene seit langem vorgestellt. Ich hatte sie gewissermaßen geprobt. Mein Schmerz ist viel größer als vorgesehen. Größer als die Beleidigung seiner Füße in den schmutzigen Socken auf dem Tisch. Betäubender als der laufende Fernseher. Weil er den Schmerz meiner Kinder enthält. Den Schmerz, dem wir in ein paar Tagen begegnen müssen.

Ich rufe ein paar Leute an: meine Schwester, meine Mutter, meine beiden besten Freundinnen, meine Chefin.

Roch? Das sehen wir später.

X + 3250

Ich habe es ihnen gesagt. Allein. Er ist nicht mitgekommen, um es ihnen zu sagen. Ich bin in die Vendée zu meiner Mutter gefahren und habe geredet.

Ich habe meinen Töchtern den größten Schmerz ihres Lebens zugefügt.

Ich kann ihren Aufschrei nicht erzählen.

Ich glaube nicht, dass man das Recht hat, Kindern das anzutun.

Das muss ein Irrtum sein.

Warum banalisiert man die Scheidung? Warum sagt man, dass man es gut, vernünftig machen könne, dass es besser sei als ein wackliges oder zum Scheitern verurteiltes Zusammenleben? Das ist falsch. Das ist der größte Irrtum der Gesellschaft in diesem beginnenden Jahrtausend. Es fühlt sich an wie ein Trick, eine riesige Täuschung, es fühlt sich an, als würde unsere Zeit hier die widersinnigste Legende der Menschheitsgeschichte verbreiten. Die Eltern müssten ihr Scheitern bis zum Erbrechen auslöffeln, anstatt es ihren Kindern aufzuhalsen.

Man fabriziert eine Generation Schwerverletzter, lebenslänglich Behinderter, vom Familienglück Amputierter. 30 % Schwerverletzte. 50 % in Paris. Man sagt nicht die Wahrheit. Die Wahrheit ist die Verzweiflung eines Teenagers, ein Abgrund unergründlicher Angst. Die Wahrheit ist der herzzerreißende Schrei eines kleinen zehnjährigen Mädchens, das man ermordet.

Die einzige Gnade, die ich dem Warten zubillige, ist, diesen Moment hinausgeschoben zu haben. Ganz deutlich tritt mir nun einer der Gründe vor Augen, aus denen ich während des Wartens die Geschichte niemals überstürzen, das Umschwenken des Schicksals erzwingen konnte. Die düstere, tief in meinem Bewusstsein verborgene Vorahnung war berechtigt.

Wie kann man, obwohl man neunzig Jahre lang lebt, davon sechzig in einer Beziehung, den Kindern, die man zeugt, diese zehn bis fünfzehn Jahre Kontinuität und Geduld verweigern, um sie heranwachsen zu lassen?

Sicher teilt niemand meine Meinung. Niemand denkt an eine Pflicht für Eltern, die gemeinsam geplanten Kinder gemeinsam zum Erwachsensein zu führen, höhere Gewalt oder Misshandlung ausgenommen. Ich bin total rückständig. Ich glaube, ich werde niemals mehr anders denken.

Ich bleibe stumm, weil es mir unmöglich ist, ihm das zu erklären, weil ich schon zu viel von ihm verlangt habe.

Es ist, als erwachte ich aus einem tiefen Koma.

X + 3252

Ich übergebe mich jetzt jeden Tag, ich weiß, dass ich mich bis an mein Lebensende übergeben könnte.

X + 3253

Asymmetrie. Das ist das Wort, das ich Roch sage, als er die Weinkarte auf den Tisch legt.

Seit einer knappen Woche weiß er, dass mein Mann weg ist. Unsere Beziehung hatte sich, abgesehen vom Beruflichen, nach dem Streit gelockert. Ich habe es ihm am Tag nach Pauls Weggehen im Café gesagt: «Er ist weg.» Außer Ungläubigkeit hat er keine Regung, keine Geste des Trostes zustande gebracht. Worte, ja, er hat mich mit Worten umgeben. Worte des schlechten Gewissens: «Das tut mir leid, ich habe sicher einen Anteil daran, ich bin sprachlos, es tut mir so leid …» Das alles aufrichtig und mit einer gewissen Anteilnahme ausgesprochen. Aber er trennt die Geste und das Wort. Er ist nicht fähig zu dem langen, schützenden Kuss, den ich erwartete, nicht fähig, mich fest in die Arme zu nehmen, während er mir das alles sagt, nach beinahe zehn Jahren. Und ich bin nicht zu ihm gestürzt, denn die Vorsicht hatte mich schon gelehrt, dass seine Arme vielleicht am Körper herabhängen würden. Die Neuigkeit lähmt ihn.

Wenn ich an das Fehlen seiner Arme denke, sterbe ich. Also denke ich nicht daran. Ich warte.

Weil er sich in Worte flüchtet, erfinde ich ein neues: Asymmetrie. Ja, zum ersten Mal wird unsere Geschichte asymmetrisch. Nachdem die Parallele unserer Flugbahnen durchbrochen ist, besteht nur noch dieses Ungleichgewicht: Der Kontinuität seiner Lebenslinie steht fortan eine gebrochene Linie gegenüber, meine. Ich spüre, wie sehr unsere Geschichte eine Sache von Geometrie, Organisation und Raum ist. Jedes unserer beiden Leben seit zehn Jahren ist wie eine Partition im mathematischen Sinne, ohne Schnittpunkt zwischen dem ehelichen und dem außerehelichen Raum. Von meiner Seite war die Organisation nicht makellos: Immer poröser wurden die Grenzen zwischen beiden Räumen, bis sie hin und wieder Partikel von Fremdheit passieren ließen.

Ich werde frei sein, er nicht.

Er stammelt herum, dass seine Verantwortung für diesen Bruch so groß sei wie meine. Er hat unrecht, meine ist viel größer, aber ich hüte mich, es ihm zu sagen. Das Wort Asymmetrie klingt wie eine Ungerechtigkeit, und ich weiß, dass er es so interpretiert. Ja, er müsste in der gleichen Tinte sitzen. Es hätte nur einer Fehlleistung bedurft, die ihm nie unterlaufen ist. Er kommt supergut damit zurande. Er ist dabei, die Neuigkeit zu verdauen. Seine Arme hängen immer noch herab, aber im Laufe der Tage, das errate ich an seinem Blick, höre ich an seinen Fragen, bemächtigt sich seiner ein neues Schuldgefühl. Das Schuldgefühl ist die Schwäche, von der ich weiß, dass sie notwendig ist, damit sich seine Arme wieder um mich schließen. Sein Schuldgefühl muss nur den Gegenstand wechseln, einen Kurswechsel von seiner Frau zu mir vollziehen. Aber noch ist es zu früh.

Ich sage nichts, spiele höchstens auf alte Ideale, veraltete Werte wie Tapferkeit und Ritterlichkeit an.

Bin ich schockiert über das offensichtliche Fehlen von Herz? Ich glaube, ich wusste es schon, das mit den Armen. Das befreit mich nicht von der Fassungslosigkeit, die mich packte, als ich seine Reglosigkeit wahrhaft vor Augen hatte, dieses unglaubliche Fehlen einer körperlichen Reaktion, diese Leere, die ich anstelle von ich weiß nicht welcher Fülle fand, die ich erwartet hatte.

Während des Abendessens fragt er mich nach meinem Mann, was er tue, wo er wohnen werde … Ich spüre, dass er alle Dimensionen einer Trennung erkundet, zu der er nie den Mut haben wird. Andere schreiten also zur Tat. Am Ende der Mahlzeit sagt er mir endlich die Wahrheit, sie ist nackt und er voller Scham: «Ich werde nicht fortgehen, Marie.» Ich hatte es verstanden. Das Taxi bringt mich nach Hause, und Roch fasst mich nicht an. Die Nacht in meinem Zimmer füllt sich mit meinem langen Schrei.

X + 3255

Ich erwache angespannt. Ich schlafe fast gar nicht mehr, und mir ist mehrmals am Tag übel. Ich gehe ins Büro wie eine Schlafwandlerin.

X + 3258

Sonntag. Ich komme von Roses Tanzgala zurück. Ihre mit Pailletten und schillernder Schminke geschmückte Kindlichkeit funkelte auf den Straßen von Batignolles bis zur Rue de Clichy. Voller Stolz bewegte sie ihre langen Beine in den fleischfarbenen Tanzstrumpfhosen, mit der fröhlichen Schamlosigkeit kleiner Mädchen, die zu ihrer Tanzgala gehen und die man an Juniwochenenden in allen Städten Frankreichs trifft. Ich war auch einmal dieses Mädchen, aufgedreht wegen des Auftritts, der Bühne und der dunklen Kulissen, die Wangen gerötet von der Hitze des Aufführungssaals.

Ich habe gelächelt, um ihr eine Freude zu machen. Eingemauert in Traurigkeit, habe ich gelächelt, da, auf der Straße, und ich habe gesagt: «Du siehst phantastisch aus.» Dann ist sie mit ihrem schweren Haarknoten auf dem Kopf durch den Bühneneingang verschwunden. Zu Hause hatte ich wie ein Automat ihr Haar aufgesteckt, mechanisch ihre üppige Mähne zusammengefasst und mit Nadeln durchbohrt. Sie war zufrieden mit dem Ergebnis. Ich stand kurz vor der Explosion, meine letzten Kräfte schwanden in der Anstrengung, dem Haarknoten Halt zu geben. Ich hatte hastig das weiche grüne Glockenkleid angezogen, um besser wegzufliegen. Ich hatte verstohlen in mein vor Verwirrung und Aufregung gerötetes Gesicht gesehen. Zerzauste Haare, knallrote Lippen, kleine Schweißtropfen auf der Stirn. Ich konnte nicht mehr zurück, musste zu dieser Gala, Rose wartete im Flur, Mama, was machst du? Ich sterbe, mein Kind, ich werde bald sterben, gehen wir.

Und dann der Tanz, die Mädchen mit ihren schon etwas vorpubertären ungelenken Bewegungen, die einen noch Kleinkinder, die anderen schon im Kampf mit dem großen Hormonchaos, die Haut, der Körper, ihre von der Metamorphose misshandelten Gesichter. Rose steht am Rand des Felsens, die kindliche Anmut hat sie noch nicht verlassen. Hoffentlich behält sie sie. Wenn ich es schaffe, wenn ich es mache, werde ich es nicht erfahren, niemals. Habe ich das Recht, sie allein zu lassen, die beiden dazulassen, meine Töchter, meine Liebsten, meine Engel, am Fuß des Bergs, der sie ins Erwachsenenleben führen wird? Bin ich denn so egoistisch? Nein, sie brauchen mich nicht mehr so sehr. So viel ist bei ihnen schon geformt, geprägt. Ihr Vater ist da, er ist der beste aller Männer, und ich konnte ihn nicht lieben. Ja, er wird sie mitnehmen können. Ich habe keinen Mut mehr. Was nützt es, zu bleiben? Ich habe alles gewollt und alles verloren. Alles verdorben. Ich kann nicht ohne Liebe leben. Ich habe meinen Mann entmutigt und mich in dem anderen getäuscht. Auf das falsche Pferd gesetzt. Jetzt bezahle ich dafür. Die Jahre des Doppelspiels haben mir die Energie geraubt und mich mir selbst verleidet.

Was ist das für eine Frau, die imstande ist, ihre Umgebung, all ihre Liebsten so lange zu belügen, nur wegen ein bisschen Sex? Ich hasse mich, und ich bedauere mich. Im schwülen Saal überfällt mich die Übelkeit, ich stoße die Zuschauer beiseite, um mich auf der Toilette zu übergeben. Als ich wiederkomme, ist die Vorstellung zu Ende. Rose sucht mich. «Du hast sehr gut getanzt, mein Liebling.» Chloés Mutter fragt mich, ob Rose am Nachmittag zu ihr kommen könne, ich sage ja, Rose hüpft vor Freude. Draußen drücke ich sie ganz fest an mich, sie versteht es nicht: «Mama?» Ich sehe sie Hand in Hand mit Chloé davongehen, sie dreht sich ein oder zwei Mal besorgt um, meine Umarmung hat sie überrascht, ich schenke ihr ein Lächeln, so beruhigend wie möglich. Taumelnd kehre ich in die Wohnung zurück. Meine große Tochter verbringt den Nachmittag mit ihrem Vater. Er ist bei seinem Bruder untergekommen, bis er eine Bleibe findet. Ich habe freies Feld.

Es ist ein Schlachtfeld, ich habe seit mehreren Tagen nicht aufgeräumt, die Sachen der Mädchen liegen überall herum, die Geschirrspülmaschine ist voll, das Waschbecken auch. Ich hatte es nicht gemerkt. Diese Mutlosigkeit. Ich gehe durch die Wohnung, gehe in jedes Zimmer, die Fotos im Flur springen mich an, das ganze kleine glückliche Familienleben: eine Täuschung. Irgendjemand schummelt die ganze Zeit, das bin ich. Das Foto von Étretat, auf dem ich strahle, weil ich gerade Roch kennengelernt habe, das Schluchzen steigt auf, ich heule.

Was aus mir herauskommt, erkenne ich wieder, es ist das Gleiche wie an den letzten Tagen: das ultimative Elend, das Unglück einer Seele, die schön sein wollte und hässlich geworden ist. Ich habe meinen Verrat vor Augen, in dem aufrührerischen Lächeln, der schuldbeladenen Unbekümmertheit, der Weigerung, etwas zu ändern, in meiner Niederlage. Ich habe das Verlassen verdient, das ist unwiderlegbar. Ich will mein Leben nicht damit verbringen, mich, angewidert von mir selbst, jeden Tag zu übergeben. Und ich könnte nicht ohne Liebe leben, ohne den glücklichen Idioten, den ich für einen Helden hielt und der mich nicht mal in die Arme genommen hat, als ich es so nötig hatte. Nie war mein Kopf so klar; mein Verstand kalkuliert und erwägt die Eitelkeit des Daseins, drängt in einer unwiderlegbaren Schlussfolgerung zum Nichts, und ich gehe ins Zimmer zurück, dann ins nächste, langsam, dumpf steigt es auf, da sind die Wohnzimmerfenster, sie führen zum Balkon. Ich drehe mich wie beim Walzer und starre hinaus, mir ist heiß, und ich zittere. Sie rufen mich, ziehen mich an. Der Riegel gleitet zurück, und ich bin an der Luft, die Laubkronen des Boulevards tanzen vor meinen Augen. Der Bürgersteig fünf Etagen weiter unten ist schwarz und glatt. Man muss über die Balustrade klettern. Dahinter ist ein schmaler Sims, ein paar Zentimeter. Ich habe Mühe, weil meine Beine zu kurz sind. Die Haussmannsche Kunstschmiedearbeit kommt mir zu Hilfe, mein schmaler Schuh findet darin Halt. Dann stehen beide Füße ordentlich nebeneinander auf dem Sims, umklammern die nach hinten gestreckten Arme die Balustrade. Ich darf die Augen nicht senken, sonst tue ich es nicht, mir ist schwindlig, ich konnte noch nie von einem Balkon nach unten sehen. Ich zähle, ich werde bis einhundertzwanzig zählen, wie im Flugzeug nach dem Start, danach sinkt die Unfallwahrscheinlichkeit um mindestens neunzig Prozent.

Beim Klettern ist mir ein Taschentuch aus der Tasche gefallen. Es liegt am Rand des Balkons, zögert, dann trägt eine Sommerbrise es davon. Mein Blick folgt ihm unwillkürlich. Es ist, als verbinde mich noch ein Band mit diesem kleinen Stück zerknüllten Papiers. Wie viel Zeit vergeht, bis es den Boden berührt? Ich höre den Fahrstuhl auf unserer Etage halten, einen Schlüssel sich im Schloss drehen, unten landet das Taschentuch vor den Füßen einer Passantin, sie hebt den Kopf, und ich höre ihren Schrei: «Nicht, Madame, nicht, NEIN …»

Salomé geht an der Wohnzimmertür vorbei, sie hat mich nicht gesehen, ich habe mich schon umgedreht, will wieder klettern, in die andere Richtung, und plötzlich ist sie da, panisch, außer sich, sie hatte etwas bemerkt, hat kehrtgemacht und kommt in dem Moment, wo ich über die Balustrade klettere. Auch das habe ich ihr angetan. Sie muss ihre Mutter auf dem Balkon sehen. Ich muss allen so sehr wehtun. Sie packt mich und zerrt an mir, ein Bein ist drüber, dann das andere, ich sinke auf das Sofa, und sie schmiegt sich an mich, sie schluchzt noch mehr als ich.

«Mama, Mama, Mama …»

«Mein Kleines, mein Kleines …»

Die Polizei ist da, steht schon an der Wohnungstür,

die Frau wusste nichts Besseres zu tun, lieber Polizei als die Feuerwehr. Sie sind zu dritt, befragen mich, rufen meinen Mann auf seinem Mobiltelefon an und umringen mich, als wäre ich gefährlich. Sie warten, bis Paul da ist, er hatte seine Tochter mit dem Auto abgesetzt, jetzt kommt er zurück. Sie halten ihn auf Abstand, wie einen Verdächtigen, er schreit und verlangt: «Lassen Sie mich rein!», aber sie überwältigen ihn und bringen ihn ins Nebenzimmer. Wahrscheinlich vermuten sie, er sei schuld an meinem Versuch, Schluss zu machen. Ich sehe Salomé verloren mitten im Flur stehen, entsetzt, die Hände vor den Mund gepresst, zwischen ihrem Vater, der von der Polizei zur Ordnung gerufen wird, und mir, die man eilig zum Fahrstuhl führt. Ich höre seine Stimme:

«Wohin gehen Sie? Ich will es wissen.»

So ergeht es gescheiterten Selbstmördern in Frankreich, die Polizei nimmt sie in ihrem Mannschaftswagen mit und duldet keine Begleitung. In einem Mutterreflex rufe ich Paul noch zu: «Rose ist bei Chloé, du musst sie abholen», dann schließt sich der Fahrstuhl. Als ich zwischen zwei Männern in das Polizeiauto steige, sehe ich Paul und Salomé aus dem Haus gerannt kommen, der Vater hält seine weinende Tochter an der Hand. Ich beginne zu zittern, ich schreie:

«Wohin fahren wir, ich will nach Hause, mich hinlegen.»

«Madame, es geht Ihnen nicht gut, wir fahren ins Kommissariat.»

«Aber warum, ich will schlafen, mich hinlegen.»

«Sie werden schlafen, beruhigen Sie sich, Madame, alles wird gut.»

Beim Kommissariat steigt ein Mann aus, dann kommt er zurück und sagt: «Zum Krankenrevier.»

Paul ist dem Polizeiauto gefolgt und hat fünfzig Meter entfernt geparkt, er kommt vorsichtig näher, aber die Polizisten erkennen ihn und schicken ihn weg. Ich sehe ihn mit einem Mann verhandeln, während das Auto wieder losfährt. Wir fahren in Richtung linkes Seine-Ufer. Ich denke: «Sie fahren nach Sainte-Anne, sie bringen mich zu den Verrückten, betäuben mich mit Beruhigungsmitteln, sperren mich ein.» Aber das Auto biegt vor der Sainte-Anne-Klinik rechts ab, wir halten vor einem Gebäude aus den sechziger Jahren, auf einem Schild steht: «Krankenrevier der Pariser Polizeipräfektur». Ich habe überhaupt nichts bei mir, ich trage das grüne Glockenkleid, meine Papiere haben sie aus der Wohnung mitgenommen. Ein Tor schließt sich hinter dem Auto, sie fragen, ob ich die Stufen hochgehen könne, ich sage ja, und sie halten mich jeder an einem Arm, wie eine Kriminelle. In der ersten Etage untersucht mich ein Arzt in Kittel mit Polizeiabzeichen, er lässt mich meinen Fall erzählen, dann gibt er mir eine Tablette, ein Beruhigungsmittel. Ich frage: «Was ist das?», ich lehne es ab, ich will es nicht nehmen, er sagt: «Madame, wenn Sie es nicht nehmen, bekommen Sie eine Injektion.» Ich nehme es nicht, jemand anderes kommt mit einer Spritze, ich protestiere und sage, es gehe mir gut, aber schon liegt die leere Spritze im Papierkorb. Meine Tränen laufen endlos über meine glühenden Wangen, mein verzweifelter

Blick streift über die nackten Wände des Zimmers, im Treppenhaus höre ich Geschrei. Ich verstehe, dass man hierher alle Verzweifelten und verletzten Straftäter bringt, jemand erklärt mir, dass man weder sein eigenes Leben noch das anderer im öffentlichen Raum gefährden dürfe, deshalb sei ich hier und nicht einfach im Krankenhaus. Man stellt mir einen Haufen Fragen, und ich bin müde. «Was macht Ihr Gatte? Hatten Sie Beziehungsprobleme? Haben Sie getrunken? Sie trinken nie? Was heißt das? Und er? Ist er gewalttätig? Warum wollten Sie Schluss machen?» Die Wirklichkeit holt mich ein, als die Wirkung der Spritze eintritt und meine Zunge schwer wird. Die Falle hat sich über mir geschlossen. Mein gescheiterter SV – so heißt das hier – hat mich ebenso unausweichlich ins Gefängnis geführt, wie wenn ich auf der Straße jemanden angegriffen hätte. Sie nehmen mir mein Kleid weg, lassen mich einen Kittel aus polizeiblauem Vlies anziehen und führen mich in eine Zelle mit einem in der Mitte festgeschraubten Bett und Gittern vor dem Fenster. Ich schreie, dass ich nach Hause will, dass ich nicht verrückt bin, dass mein Mann unschuldig ist. Sie sagen: «Kann sein, aber es ist Sonntagabend, und der Chefarzt ist nicht da, also behalten wir Sie bis morgen hier.» Ich brülle: «Nein, nein, nein», aber es geht nicht, meine Zunge ist träge ... Sie haben mich mit ihrer Spritze erwischt, alles bleibt in der Kehle stecken. «Das ist besser für Sie, Madame, verstehen Sie doch, wir können Sie nicht einfach so gehen lassen.» Plötzlich höre ich Paul schreien: «Sie kann nicht hierbleiben, das ist unmenschlich, das ist nicht möglich.» Wie ist er hierhergekommen? Ich rufe ihn mit aller Kraft, aber es ist wie in einem Albtraum, kein Geräusch kommt aus meinem Mund. Ich weine mir die Seele aus dem Leib, bis mir ein Pfleger andere Medikamente bringt und ich in einen traumlosen Schlaf sinke.

X + 3259

Am nächsten Morgen ist mir übel. Ich habe im Schlaf gesabbert, weil mein Mund von den Beruhigungsmitteln gelähmt war, meine Haare sind voller Speichel. Ich suche ein Laken, aber es gibt keins, oder ich sehe es nicht, ich dachte, gestern wäre eins dagewesen, ich ziehe eine hässliche Decke über mich, die nach Desinfektionsmittel riecht. Ich höre seltsame Geräusche im Flur, erstickte Schreie. Meine Blase ist voll, ich halte es nicht mehr aus, ich rufe, damit man mich zur Toilette bringt. In meinem Zellenzimmer gibt es rein gar nichts, damit man sich nicht irgendwie umbringt. Ich fühle mich schmutzig und schlapp, mein Verstand ist betäubt. Jemand kommt mit einem Tablett, eine Schale Kaffee und Brot mit Butter. Ich esse, weil ich Angst habe, mich zu übergeben und nicht auf die Toilette gehen zu können. Auf dem Tablett liegen neue Tabletten, ich nehme sie, die Pferdedosis von gestern war mir eine Lehre. Wenn man nicht schluckt, spritzen sie, und das ist stärker. Ich frage, was das ist, und man erklärt mir: «Ein Beruhigungsmittel und ein Angstlöser.»

Das Tablett verschwindet, wie es gekommen ist. Die Leute bewegen sich alle schneller als normal, ich habe Mühe zu folgen, sie haben mich verlangsamt, ja, das ist es. Die Zeit vergeht mit Nichtstun, ich werde ruhiger und liege phlegmatisch auf meinem Verdammtenlager, mir ist ein bisschen kalt, zum Glück gelangt ein Sonnenstrahl bis zu meinem Bett, ich drücke mich hinein, so gut es geht. Etwas rinnt über meine Wangen, Tränen des Elends, des Wahnsinns, denke ich. Sie werden mich zu den Verrückten stecken, wenn Paul mir nicht hilft. Irgendwo habe ich gelesen, wenn ein Verwandter einen Selbstmordversuch unternimmt, muss man das Heft in der Hand behalten, sonst schicken sie den Kranken nach Lust und Laune der verantwortlichen Ärzte von Anstalt zu Anstalt. Ich sage mir, dass man so wirklich verrückt wird. Ich klingele und verlange, dass man meinen Mann anruft. Man sagt mir, dass er da sei, ich ihn aber nicht werde sehen können. Ich sage: «Doch, doch, das kann nicht sein, ich muss ihn sehen, ich flehe Sie an», und ich verlange nach dem Chefarzt, aber man sagt mir: «Der spricht gerade mit Ihrem Mann, danach kommt er zu Ihnen, eins nach dem anderen, Madame, das ist normal.» Nein, das ist nicht normal, ich schreie, ein Pfleger kommt und droht mit einer weiteren Spritze, und ich gebe auf, bin besiegt. Ich verlange nur meine Uhr, ich will, dass man mir meine Uhr wiedergibt, jemand geht raus, um sie zu suchen, kommt aber nicht wieder.

Als man mich holen kommt, um mich zum Chefarzt zu bringen, sehe ich die beiden Personen, die mit mir sprechen, benommen an, als ich aufstehe, schwanke ich, sonst nehme ich nie Beruhigungsmittel, sie müssen mir eine ordentliche Dosis verpasst haben.

«Geht's, Madame?»

Ich habe das Gefühl, es sei das erste menschliche Wort, das ausgesprochen wurde, seit ich hier bin.

«Ja, aber ich fühle mich nicht gut, ich habe Herzschmerzen.»

«Das sind die Medikamente.»

«Ich möchte keine mehr nehmen, bitte, ich nehme nie welche.»

«In Ihrem Zustand gibt es keine andere Lösung.»

«Ich muss nach Hause, meine Töchter sind ganz allein, ich muss nach Hause.»

«Sie müssen sich erst mal ausruhen, Madame.»

Wir sind angekommen. Sie führen mich in das Büro des Chefarztes und lassen mich ihm gegenüber in einem Sessel Platz nehmen. Der Platz ist noch warm. Paul hat ihn gerade verlassen. Einen Augenblick lang flüchte ich in seine Wärme, schmiege mich hinein.

Der Arzt sieht mir lange in die Augen. Ich sitze vor ihm, und auf einmal beschließe ich, den Mund aufzumachen. Ich sprudle meine Geschichte hervor, so schnell ich kann, das heißt, eher normal, und ich will unbedingt normal wirken, ich will es mit aller Kraft, auch wenn ich weiß, dass meine Augen geschwollen und meine Haare zerzaust sind.

«Ich wollte gestern Schluss machen, ich hatte einen Verzweiflungsanfall, ich habe eine lange Affäre hinter mir, ich allein bin schuld, mein Mann hat es gemerkt und vor ein paar Tagen beschlossen, mich zu verlassen. Seitdem geht es mir nicht gut, ich habe das Gefühl, alles verdorben, alles zerstört zu haben, außerdem habe ich so lange gelogen, ich schäme mich dafür, und jetzt schäme ich mich vor allem, weil ich das gestern versucht habe. Es geht mir nicht gut, das stimmt, aber es geht mir bestimmt besser, wenn ich nach Hause komme, ich werde mich behandeln lassen, ich verspreche es Ihnen, es wird mir bald besser gehen, ich bin nicht depressiv, ich hatte nie etwas, ich muss nur nach Hause, und dann ist da noch meine Arbeit, ich arbeite …»

In dem Moment, wo ich diese Worte ausspreche, wird mir bewusst, dass meine Rede lächerlich ist. Er sieht mich wieder lange an. Er stützt beide Ellbogen auf die grüne Plastikunterlage auf dem Schreibtisch.

«Ich würde gern wissen, was Sie gestern Nachmittag genau getan haben. Was ist geschehen?»

Ich fange also wieder an, jetzt mit den Tatsachen, sehr müde, die erste Rede hat mich schon erschöpft, also bemühe ich mich um Klarheit und deutliche Aussprache, um es ihm zu erzählen, um diesen unbegreiflichen Nachmittag nachzuzeichnen.

«Hatten Sie getrunken? Die Befunde der Blutuntersuchung sind noch nicht da.»

Sie haben nur das im Kopf.

«Nein, ich trinke nicht, fragen Sie ruhig nach.»

Er regt mich auf, das macht mich etwas munterer, vielmehr stresst es mich gerade genug, um mich im Sessel aufzurichten.

«Es geht Ihnen nicht so gut, dass Sie sofort nach

Hause können. Sie sind erschöpft. Sie müssen sich beruhigen und ausruhen. Sie brauchen eine Therapie. Eine Therapie, die Sie vor sich selbst schützt. Warum sind Sie so hart gegen sich selbst? Es klingt so, als würden Sie denken, alles sei Ihre Schuld. Warum denken Sie das? Wenn es bei einem Paar Probleme gibt, ist es meistens nicht weiß auf der einen und schwarz auf der anderen Seite. Ich habe mit Ihrem Mann gesprochen. Aber im Moment leiden Sie, Sie brauchen Fürsorge, ich kann Sie so nicht in den Alltag zurückschicken, in die freie Wildbahn, wie man sagt. Wer garantiert mir, dass Sie, wenn Sie nach Hause kommen, nicht wieder auf den Balkon gehen? Ich kann diese Verantwortung nicht übernehmen.»

«Sie halten mich also für nicht zurechnungsfähig?»

«…»

«Aber kann das nicht mein Mann entscheiden? Er wird doch wohl als zurechnungsfähig angesehen?»

«Das ist keine Frage von Zurechnungsfähigkeit. Ihr Mann wollte nicht, dass Sie eingewiesen werden. Er wollte die Einweisung nicht unterschreiben. Aber wenn er es nicht getan hätte, hätte ich unterschrieben, dann hätte ich die Entscheidungsgewalt über alle Schritte in Ihrem Fall behalten, nur deswegen hat er … Weil das für ihn undenkbar war, hat er unterschrieben.»

So ist es also.

«Sie werden in die Sainte-Anne-Klinik verlegt, so lange es nötig ist, sicher nicht sehr lange, nur bis die Untersuchungen gemacht sind und Ihre Behandlung festgelegt wurde.»

«Ich hätte gern ein paar Sachen, Monsieur. Kann ich meinen Mann sehen und ihn um ein paar Sachen bitten, ich flehe Sie an, bitte, Monsieur … Er ist noch da, bitte!»

Er ruft, jemand kommt rein, er bittet darum, dass man Paul aus dem Wartesaal holt.

Dann steht Paul im Zimmer, rot und verstört. Ich verstehe sofort, dass er dieses Setting nicht gut aushält, mich da wie ein armes Mädchen sitzen zu sehen, deshalb breche ich in Schluchzen aus. Ich finde die Kraft, ihm zu sagen: «Du hast mich eingewiesen!», da fängt er auch an zu weinen und nimmt mich in die Arme: «Ich hatte keine Wahl», und ich bin fast erleichtert, ihn weinen zu sehen.

«Wir holen dich hier raus.»

«Wann?»

«Ich weiß nicht, schnell … Warum hast du das gemacht?»

«… Wo sind die Mädchen?»

«Bei mir … zu Hause.»

«Ich brauche Sachen, ich habe nichts.»

Ich bitte ihn wild durcheinander um meine Toilettentasche, ein Nachthemd und einen Pyjama, mein angefangenes Buch, das unter dem Nachttisch, von Pierre Assouline, Jeans, T-Shirts, eine Jacke, den Föhn, Seife, Shampoo, zwei Handtücher, einen Waschlappen, Watte, Prontalgine, meine Brille, Haargummis. Ich sage ihm, dass er Geld für Carole und Linda dalassen und den Pass von Rose abholen muss, der fertig ist, und daran denken, ihr Anmeldeformular fürs nächste Schuljahr auszufüllen, das ist diese Woche …

Er antwortet: «Mach dir keine Sorgen», und ich habe

Zweifel, wie alle Mütter der Welt, aber diese Litanei der zu erledigenden Dinge erleichtert mich, wenigstens weiß ich, dass ich nicht versage, dass meine Meisterschaft auf diesem mütterlichen Feld absolut und unbestritten bleibt, dass man mir alles vorwerfen kann, aber nicht, dass ich ein Versager bei der Planung und Organisation des Familienlebens wäre.

Warum war das nicht stark genug, um mich auf der guten Seite des Balkons festzuhalten? Das kommt mir in diesem grünlichen Büro, aus dem jede Spur von Menschlichkeit verbannt wurde, plötzlich unglaublich vor. Wie konnte die Versuchung der Leere auch nur einen Augenblick – aber ein Augenblick genügt – mächtiger sein als dieses Paket der kleinen, im Grunde wundervollen Aufgaben, dieses Maß an Alltag, so banal und so wichtig, dieser Berg von Pflichten und ganz kleinen Freuden, die die Konstruktion der Familie ausmachen? Ich bin zu schwach, um irgendetwas von mir zu geben, aber ausgerechnet da, in diesem charakterlosen Büro, überfällt mich die Sinnlosigkeit, die Dummheit meiner Tat. Ein Satz von La Fontaine fällt mir ein und sein guter, endgültiger Sinn: «Das passiert ihm nicht noch mal.»

Denn das bleibt mir, ich weiß es, diese Pflicht, die ich beinahe vergessen hätte, die beiden kleinen Mädchen, von denen ich dachte, sie würden mit ihrem Vater zurechtkommen, und ich sehe deutlich meine Lächerlichkeit; mit der Dummheit, die mir nun bewusst wird, erhebt sich eine Welle der Schuld.

Paul drückt mich linkisch an sich, und seine Verzweiflung ist ehrlich, ich sage zu ihm: «Lass mich nicht im Irrenhaus, bitte, ich bin nicht verrückt.» Ich höre «Ich weiß» an meinem Ohr.

Der Arzt sagt, Paul müsse gehen, er könne mir die Sachen hierher oder in die Klinik bringen, das sei gleich nebenan. Dorthin werde man mich am Nachmittag verlegen.

X + 3260

Sie haben nicht mal ihr Versprechen gehalten. Ich habe meine Sachen erst heute Morgen bekommen, weil sie es gestern Abend versäumt haben, Paul, der mir eine kleine Tasche bringen wollte, zu sagen, dass ich schon verlegt worden sei und er mir die Sachen direkt dorthin bringen könne, sie haben die Tasche angenommen, festgestellt, dass ich weg bin, und heute Morgen hat ein Polizist sie endlich abgegeben, nachdem ich mehrmals danach verlangt hatte. Das hat mir die Schwester erzählt. Ich musste noch eine weitere Nacht in einem blauen Vlieshemd verbringen. Ich habe lange geduscht, nachdem meine Sachen gekommen waren, habe den ganzen Dreck und die Beschmutzung durch das «Krankenrevier der Polizeipräfektur von Paris» von mir abgewaschen, das Gefängnis, in dem alle landen, die zu niedergeschlagen waren, um die Nacht zu überstehen, und nicht genug Lust zu sterben hatten, um es zu schaffen. Ich ziehe Jeans und eine Bluse an, die Paul eingepackt hat und die ich sonst nie anziehe, noch ein Zeichen für den Abstand zwischen uns, er weiß nicht mehr, was ich trage. Aber egal, es ist gut: eine sehr anständige weiße Bluse, sehr passend, ein Kleidungsstück, das sagt, dass ich raus kann, dass alles normal ist.

In Sainte-Anne bin ich im Magnan-Pavillon, der geschlossenen Abteilung. Sie erinnert an die Anstalt in *Einer flog über das Kuckucksnest*, das ist das Erste, was mir in den Sinn kommt. Sie wollten eine moderne Einrichtung gestalten, winzige Zimmer mit Bullaugen, aber am Ende sieht es immer aus wie *Einer flog über das Kuckucksnest*, Version «Notaufnahme» 2010. Alle Zimmer drängen sich um das Schwesternzimmer, damit alle gleichzeitig überwacht werden können. Diese Nähe ist gewollt, alle bleiben in Reichwerte der Spritzen, nur nicht durchdrehen. Jeder Hauch von Intimität verschwindet, man wird für alle jederzeit sichtbar. Im Zimmer kann man kaum um das Bett herumlaufen, wieder eine Zelle, auch wenn es nicht so heißt. Höchstens drei mal zwei Meter. Die Riegel an den Zellentüren hat man entfernt, weil die Patienten von den Pillen sowieso zu betäubt sind, um irgendwas zu unternehmen, und es gibt nur noch ein Schloss für alle, an der Stationstür. Wohlgemerkt, im Vergleich zu *Einer flog über das Kuckucksnest* ist das modern. Also geht man halt dorthin, ich auch, Schwachsinn, ich gehe zu dieser bescheuerten Tür. Ich gehe hin und bleibe kurz dort, um das Treppenhaus zu sehen, aber das nützt gar nichts, verdammt noch mal, ich muss mich von dieser Tür losreißen, sonst denken sie noch, ich sei auch so eine. Ich sei eine von ihnen, einer dieser Schatten, eins dieser Wracks. Dabei bin ich wie Jack Nicholson, als er in dem Nest landet, ich bin nicht wie sie, ich bin normal und intelligent. Man darf sich nicht vom Wahnsinn packen lassen. Darauf kommt es an: dass die Falle der Psychiatrie nicht über einem zuklappt. Sie geben dir ein Medikament zu viel und hopp, kehrst du nie mehr ins normale Leben zurück. Aufpassen, es ist schnell passiert.

Im Zimmer steht ein am Boden und an der Wand befestigter Schrank, bloß nicht die Möbel umwerfen, o nein … Und dann ein nagelneues Bad, das ist immerhin nicht schlecht, mit einer Dusche, aus der das Wasser direkt auf den Boden in eine Ecke fließt, sie ist klinisch rein, aber mich stößt dieser ganze Sanitärblock ab, in dem man duschen könnte, während man pinkelt oder kackt. Na klar, das wäre dasselbe, außerdem ist es ihnen völlig schnurz, wie sich die Verrückten duschen und ob sie sich den Arsch waschen oder nicht.

Heute verkehrt sich meine Verzweiflung in Wut und dann in höllische Angst. Alle zehn Minuten klebt ein Gesicht am Bullauge, am Anfang habe ich die Schwestern und die Verrückten verwechselt, dann waren die Verrückten nicht zu verkennen. Was ich in ihren Augen sehe, macht mir Angst. Angst, unterzugehen, Angst, so zu werden wie sie, zu verschwinden, von Bord zu gehen. Wie stelle ich es an, dass die Pfleger und Ärzte verstehen, dass ich anders bin? Paul, sag es ihnen, wenn du kommst! Paul, wo bist du? Paul, verlass mich nicht, ich flehe dich an! Eins steht fest: Wenn man nicht bei der Ankunft verrückt ist, wird man es hier. Warum gibt es nur einen Ort für alle? Für die, die schon lange abgeschaltet haben, die schon ganz aus der Spur sind, und die anderen, die mehr oder weniger zufällig und zum ersten Mal hier stranden wie ich? Warum zusammen, Herrgott! Erzählt mir nicht, es sei das Gleiche.

Wenn jemand schreit, kann man nicht weghören. Ich halte mir die Ohren zu. Sie spazieren überall rum, es ist wie eine Promenade im Innern der Station, mehrmals am Tag kommen sie in mein Zimmer: eine Frau, die jedes Mal fragt, ob ich meinen Anruf bekommen habe, und ein dicker Kerl mit dunkler Haut, der tut, als sei er Pfleger, und der sicher schon seit Jahrzehnten hier ist; ihm muss man sagen, dass alles gut ist und dass man nichts braucht.

Ich brauche alles, Liebe, meine Töchter, meinen weggegangenen Mann, meine Mutter, mein Haus. Freiheit. FREIHEIT.

Der falsche Pfleger steht am Fußende meines Betts. Ich schreie in sein Irrengesicht, und er haut verschreckt ab.

Die Schwestern eilen herbei, und ich weine, weil ich durchdrehe, wenn man mich hierbehält.

«Madame, beruhigen Sie sich. Sie sind hier, das ist jetzt so. Wenn Sie rauswollen, müssen Sie sich beruhigen.»

X + 3261

Langes Gespräch mit der Ärztin, die schon gestern Abend in meinem Zimmer war.

Die Gewissheit, dass ich nicht hierher gehöre. Die Psychiaterin, die meinen Fall übernommen hat und mich am Nachmittag in ihrem Büro empfängt, hat es gesehen. Sie hat es sofort gesehen, auf den ersten Blick. Ich will ganz sicher sein. Ja, ich bin ganz sicher. Sie hat auch gesehen, dass es mir nicht gut geht. Sie ist bald sechzig, hat graues, kurz geschnittenes Haar, Erfahrung und einen gewissen Überdruss. Ich sage ihr, dass ich nicht verstehe, warum ich hier mit all diesen Leuten in der geschlossenen Abteilung bin. Sie korrigiert mich: «Sie sind nicht in der ganz geschlossenen Abteilung, hier dürfen Sie auf dem Flur spazieren gehen.» Es gibt also einen Trakt mit geschlossenen Zimmern, natürlich.

Ich wiederhole meine Geschichte, ich habe es ziemlich satt, sie zu erzählen: der Ehebruch, Pauls Weggehen, mein «Durchhänger». Das ist das Wort, das mir plötzlich einfällt, zugleich mit der Erleichterung, die Geschichte zu entdramatisieren, als hätte es die Macht, die Temperatur sinken zu lassen. Ein Durchhänger. Die Psychiaterin schaut auf.

«Ziemlich heftig, Ihr Durchhänger, was?»

«Ja.»

Sie sieht mich an, als hätte sie mir die Vertrauensfrage gestellt, die Frage, die über mein Schicksal entscheiden würde. Ich spüre, dass ich auf das zu sprechen kommen muss, was auf diesen Durchhänger folgt, aber mir fällt nichts Überzeugendes ein, ich halte ihrem Blick stand und sage:

«Ich möchte bitte nach Hause. Ich glaube nicht, dass das der richtige Ort ist, um wieder Geschmack am Leben zu finden.»

«Mag sein, aber es ist im Moment ein sicherer Ort für Sie.»

«Ich weiß nicht. Ich glaube nicht, dass ich … ich habe keine Lust, es noch mal zu machen. Ich habe Lust, zu leben, wieder ein normales Leben zu führen. Hier bin ich nicht von normalen Menschen umgeben.»

«Normalität ist eine relative Angelegenheit. Sie haben vor sehr kurzer Zeit etwas getan, was man auch als absolut anormal ansehen kann, vergessen Sie das nicht. Ich stimme Ihnen zu, unsere Patienten sind zum größten Teil viel kränker als Sie. Aber Sie haben gerade eine suizidale Episode hinter sich, die wahrscheinlich noch sehr schmerzhaft ist. Es wäre verantwortungslos, Sie ohne weitere Garantien nach Hause zu schicken. Ich möchte Sie ermutigen, Ihr Leben nicht einfach so fortzusetzen, als wäre nichts geschehen. Sie müssen sich keine großen

Sorgen machen, wir können Patienten, die unsere Behandlung nicht brauchen, nicht bei uns festhalten. Sie gehen bald nach Hause. Im Moment erhalten Sie nur eine ganz harmlose Dosis von Beruhigungsmitteln, dadurch sind Sie etwas entspannter. Ich werde Ihnen ein Antidepressivum verschreiben, Sie fangen heute damit an. Wir werden sehen, wie es Ihnen morgen geht. Und wenn Sie morgen oder übermorgen entlassen werden, kommen Sie in einer Woche wieder, um mir zu sagen, wie Ihnen die Behandlung bekommt. Belassen wir es für heute dabei?»

Ich nicke, etwas verblüfft. Sie hat keine Entscheidung getroffen. Tränen steigen mir in die Augen. Beim Gedanken an die Besuche der Dame mit dem Telefonanruf und des falschen Pflegers in meiner Einsiedlerklause packt mich das Elend. Durchhalten …

X + 3262

Es ist Donnerstag. Sie haben Paul für heute Nachmittag herbestellt, die Psychiaterin hat es mir gesagt. Sie wird mich am Ende des Gesprächs dazurufen. Die Schwester erklärt mir, dass ich ein klassisches Antidepressivum in einer, sagen wir, mittleren Dosierung bekomme, nichts Besonderes. Ermutigt von dem, was einer Feststellung von Normalität gleicht, wage ich die Frage, die mich quält:

«Lassen sie mich heute nach Hause?»

«Oh, das weiß ich nicht, Sie müssen sich auf jeden Fall weiterbehandeln lassen.»

«Das werde ich tun.»

«Das sagt man immer.»

«Doch, wirklich!»

Sie wirft mir einen müden, ungläubigen Blick zu.

«Spricht die Psychiaterin heute Nachmittag mit Ihrem Mann?»

«Ja, das hat sie gesagt.»

Ich schlafe ein bisschen, sehr unruhig, ich fühle mich erschöpft. In meinen Träumen tauchen die Gefangenen des Magnan-Pavillons auf, die alte Dame, die sich alle Nase lang im Flur die Unterhose auszieht, der falsche Pfleger, die Telefonbesessene … Sie wechseln sich in rasendem Rhythmus auf meiner Schwelle ab. Ich schicke sie weg. Ich würde ihnen gern sagen, dass ich sie nicht verachte, ich würde ihnen gern einen Funken Fürsorglichkeit zuteilwerden lassen, aber aus meinem Mund kommen nur Unflätigkeiten und Beschimpfungen, der falsche Pfleger kommt bedrohlich nah … Schweißnass fahre ich aus dem Schlaf hoch.

Das Mittagessen wird viel zu früh gebracht, wie im Krankenhaus, aber ich habe Hunger. Der Strudel meiner Gedanken hat sich beruhigt. Sie drängeln sich noch ein bisschen an der Tür meines Verstands, werden aber deutlicher und klarer. Nach der Trunkenheit des Selbstmordwunsches fühlt es sich an wie ein heftiger Kater.

Unter die klaren Gedanken schleicht sich ein besonders hartnäckiger: Paul hat sicher bei mir im Büro angerufen, was hat er erzählt? Hoffentlich hat er nicht die Wahrheit gesagt. Ich hoffe, er hat gelogen, hat irgendein Gesundheitsproblem angegeben, ja, genau, kein psychisches … Andererseits wissen alle, dass er mich vor zwei Wochen verlassen hat. Niemand wird etwas sagen, weil ich normalerweise sehr fit bin, aber sie werden etwas ahnen, ein Unfall, eine Krise, ein Formtief. Das Büro bringt mich auf Roch, und mir wird bewusst, dass ich seit dem Abend meines SV nicht an ihn gedacht habe. Kein einziges Mal. Ich habe nur an Paul gedacht. Die Entdeckung, dass sich die Besessenheit von Roch im Moment der größten Verzweiflung in einem übermächtigen

Selbsterhaltungsinstinkt aufgelöst hat, ist wie ein kleiner Sieg.

Der Nachmittag zieht sich hin, ich werde ungeduldig, laufe im Zimmer herum, ohne mich auf ein Buch oder eine Zeitung konzentrieren zu können. Das Schlimmste ist vorbei, jetzt möchte ich draußen sein, damit das Leben weitergeht. Werden sie das verstehen? Die Ärztin? Paul? Haben sie nicht Angst vor einem Rückfall, vor der Rückkehr des Strudels? Als eine Krankenschwester die Tür aufmacht, bin ich schon bereit, ich folge ihren schnellen Schritten und betrete das Zimmer der Psychiaterin. Zuerst sind wir allein. Sie spricht endlich wie mit einer Erwachsenen, einer geistig Gesunden mit mir:

«Sie gehen nach Hause … aber unter einer Bedingung: Sie suchen sich in der Stadt einen Psychiater, der Sie betreuen wird. Ich möchte seinen Namen wissen, ich werde ihn anrufen und mit ihm sprechen. Und ich empfehle Ihnen nachdrücklich, es nicht dabei zu belassen, sondern in eine Spezialklinik zu gehen, es gibt eine in Meudon, eine in Ville-d'Avray und eine in Vésinet, sie sind alle sehr gut … Ich schreibe Sie bis zum Wochenende krank, bis dahin müssen Sie eine Entscheidung treffen. Sie haben eine Depression, das ist etwas Ernstes. Auch wenn Sie das noch nie hatten, ist es kein Grund, kleinzureden, was mit Ihnen geschieht und was Sie getan haben. Machen Sie nicht so schnell wieder weiter wie vorher, verstehen Sie? Noch etwas anderes: Ihr Mann ist kein Feind, aber er hat Sie verlassen, und er kann nicht viel für Sie tun.»

Ich verstehe, dass sie ihn getestet hat, seine Schuldgefühle und seinen möglichen Wunsch zur Umkehr, und dass sie nichts dergleichen gefunden hat.

«Ich weiß.»

«Also überschätzen Sie sich nicht. Seien Sie vernünftig.»

«Danke.»

«Sie geben das hier unten ab, damit Sie rauskönnen. Ihr Mann erwartet Sie, ich dachte, er könnte Sie nach Hause bringen, das ist nicht immer so, aber hier …»

«Danke.»

«Rufen Sie mich an, sobald Sie einen Termin beim Psychiater haben.»

Eine Welle von Wärme und Verwirrung überschwemmt mich, ewige Dankbarkeit. Ich stürze hinaus, ohne ihr auch nur die Hand zu geben, sammle die letzten Sachen im Zimmer und im Bad zusammen. Aber etwas habe ich hier noch zu erledigen. Ich verlasse türenknallend mein Zimmer und suche ihn. Ihn, der unterwegs ist, auf dem Weg zu ich weiß nicht welchem Land des Windes und des Vergessens, der vom frühen Morgen bis zur Nacht durch den Magnan-Pavillon streift. Zuerst finde ich ihn nicht. Dann sehe ich am Ende des Flurs durch das letzte Bullauge. Der falsche Pfleger sitzt auf seinem Bettrand, etwas zu weit vorn, wie zu Besuch bei jemand anderem, und in dieser unsicheren Position glättet er mit der Handfläche die Decke, sieht seiner Hand zu, die sich hin und her bewegt. Ich gehe hinein und lege ihm einen Finger auf die Schulter. Bei der Berührung zuckt er zusammen, dann schaut er zu mir auf. Sein Gesicht ist verschlossen, sein Blick verloren. Ich drücke seinen Unterarm, wie man es bei einem Freund macht. Er zögert, dann wechseln Flucht und Anwesenheit, und schließlich klärt sich sein Blick, schärft sich, er akzeptiert den Kontakt. Ich passe sehr auf, ich will ihn nicht verschrecken. Nicht, während er dort im Ungewissen zwischen der Wirklichkeit und den Abgründen ist. Ich frage ganz sanft: «Wie heißen Sie?»

Er wendet den Kopf ab, und während er das tut, nennt er in einem Ausatmen seinen Namen: «Pierre Lenfant.»

«Pierre, ich wollte Ihnen auf Wiedersehen sagen.»

Ich umfasse seine Hände, seine Augen gehen weg und kehren zurück, richten sich auf meine. Röte steigt in seine Wangen, ich weiß, dass es besser gewesen wäre, diese Begegnung nicht zu wagen, aber ich konnte nicht anders. Er hat den Kontakt wiedererkannt, die Aufmerksamkeit, die ich ihm geschenkt habe und die keine medizinische ist, vielleicht hat es ihn an etwas erinnert. In seinen Blick tritt eine gewisse Würde, das für einen Moment wiedergefundene Bewusstsein seiner selbst und dann eine flüchtige Zufriedenheit.

Ich würde ihm gern meinen Respekt und meine Angst zeigen, ihn bitten, mir zu verzeihen, aber dann bleibe ich stumm, weil er eine Macht der Distanz und des Fernhaltens besitzt, wie ein ausgestrecktes unsichtbares Schild. Mir erscheint Pierre Lenfant plötzlich als der beeindruckendste Mensch, der mir je begegnet ist, und seine Menschlichkeit nimmt mich gefangen. Er hält mich mit seinem Blick und seiner Unschuld auf Abstand, er ist unantastbar. Ich löse die Zwinge meiner Hände um seine.

«Ich hoffe, es wird gut, Pierre, auf Wiedersehen.» Ich

gehe rückwärts hinaus. «Auf Wiedersehen.» Die Tür schließt sich, und ich höre gerade noch: «Brauchen Sie etwas?» Ich will mich nicht umdrehen, um seinen wieder verschwundenen, entflohenen Blick, die leeren Augen zu sehen. Sie würden mir von dem erschreckenden Abgleiten erzählen, das mir solche Angst macht. Man kann den Verrückten nicht das Leiden nehmen, man kann nichts erleichtern, und man muss nur ein wenig aus der Spur geraten, um zu erfahren, dass es in jedem von uns hockt, bald ein vertrautes, verspieltes Tierchen, bald ein blutgieriger Waschbär, dem man sein Leben lang einen Maulkorb zu verpassen sucht.

Im Hinauseilen sage ich sehr laut: «Nein, nichts», ich greife nach meiner Tasche und spüre die Müdigkeit nicht mehr, die Schwester öffnet mir mit ihrem Badge den Personaleingang, dann die Tür unten, die ins Foyer führt, wo Paul schon ungeduldig wie immer auf und ab läuft. Ich fliege. Ich muss noch den Entlassungsschein abholen. Den Zettel wie eine Fahne schwenkend, öffne ich endlich die Tür, sie hat kein Sicherheitssystem mehr, es ist die letzte. Am Fuß der Granitstufen hole ich tief Luft. Dann sage ich Paul diesen einen Satz, als wäre nichts passiert, als hätten wir es einfach nur eilig, ein langweiliges, ziemlich unnützes Treffen zu beenden:

«Ehrlich, es ist besser, wenn man hier nie was zu suchen hat. Oh là là …» Bei meinem «Oh là là» hält er kurz inne, sieht mich komisch an, senkt den Kopf und geht weiter. Oh là là, das ist alles, was ich als Ausgang gefunden habe, als Ausgang aus dem Tunnel, der Verzweiflung, dem Schwachsinn.

Wir laufen lange, Sainte-Anne ist kein Krankenhaus mehr, es ist eine ganze Stadt mit Straßen, ich hatte nicht geahnt, wie weit verzweigt es ist. Paul hat meine Tasche über die Schulter gehängt, wir überqueren breite, von Kastanien und Linden gesäumte Wege. Es kommt mir vor, als sei es kühler geworden, die bleierne Hitze ist verschwunden.

«Da ist das Auto, du hast ein Knöllchen!»

Dann: «Oh là là, du fährst ziemlich schnell.»

X + 3267

Wie schwer die Rückkehr ist. So wenig Schlaf in den letzten Nächten, trotz der abendlichen Beruhigungstablette. Die Mädchen schwanken zwischen der Sorge, mich deprimiert zu sehen, und der Aufregung wegen der bevorstehenden Ferien. Das alles strengt mich an. Die Hausarbeit, die mich normalerweise wie eine Wirbelsäule aufrecht hält, macht mich endgültig fertig, ich breche unter der kleinsten Aufgabe zusammen. Meine Träume von einer Spontanheilung verblassen mit jedem Tag. Ich schwänze meinen ersten Morgen im Büro, ich kann nicht hingehen. Ich will nicht hingehen, will nicht wieder Kontakt zu Roch aufnehmen, ihn sehen, nein, ich will das alles nicht. Sie sollen mich in Ruhe lassen.

X + 3270

Ich erkläre dem Psychiater, bei dem ich mir einen Termin geholt habe, um der Dame aus dem Sainte-Anne zu gehorchen, dass ich die Antidepressiva, die er mir wieder verschreiben will, gern durch den Dialog ersetzen würde. Er trägt den Namen eines großen französischen Theaterautors, und ich sage mir, dass er für diese schöne Idee empfänglich sein müsste.

Er lächelt und sagt: «Das sehen wir noch, nicht wahr?» Sein «nicht wahr» hallt durch das hohe Sprechzimmer. Vielleicht hat der Arzt das Talent seines Namensvetters geerbt, der in Wirklichkeit sein Großvater ist, denn dieses «nicht wahr» ist weiß Gott unschlagbar; weder arrogant, noch zynisch oder endgültig und absolut unwiderlegbar. Wie entkommt man dem «nicht wahr» des Doktors? Das überlege ich mir bestimmt eine Minute lang vergeblich, ehe ich die geschickt in Reichweite platzierte Kleenex-Schachtel bemerke und mir vorsorglich eins schnappe. Die Fortsetzung des Gesprächs gleicht einer Verhandlung, die ich etwas ungeschickt geführt habe.

Bei dem Bericht von meiner langen außerehelichen Beziehung, meinem SV, den Begleitumständen und meiner Angst in Sainte-Anne fange ich sofort an zu weinen. Ich lasse mir Zeit, mein Redefluss ist langsam, manchmal von Schluchzern zerhackt. Es ist ein schmerzhafter Moment, aber ich wünsche mir verzweifelt Hilfe, also erzähle ich ihm die lange Geschichte, so gut ich kann, es ist meine Chance, dass er vor mir sitzt, mir genau zuhört und sich Notizen macht, bis zum Ende. Er fragt mich erneut nach meinem Alkoholkonsum, diese Frage droht meine letzte Hoffnung zu zerstören, eine hilfreiche Hand zu finden. Ehrlich, sie haben nichts anderes im Kopf. Dann fällt mir ein, was ein Freund einmal gesagt hat, der in Nantes die Intensivstation des Universitätsklinikums leitet: «Wenn man den Alkohol verbieten würde, könnte man alle Krankenhäuser in Frankreich leeren und die Hälfte der Ärzte arbeitslos machen.»

Er spürt meine Gereiztheit, setzt zu einer Entschuldigung und Rechtfertigung an, die ich mit einem makellosen «Ich weiß» unterbreche, mit einem «Ich weiß», dessen Klarheit an die Wände des Sprechzimmers, die Lehnen des Sofas, das als Couch dient, die Engel an seinem Louis-Philippe-Schreibtisch und den Spiegel über dem Kamin prallt. Von allen Seiten zurückgeworfen, hängt dieses «Ich weiß» ein paar Sekunden absurd und lächerlich in der Luft. Ich bin ihm dankbar für die paar Sekunden Schweigen, die er verstreichen lässt, bevor er den Gesprächsfaden ganz normal aufnimmt. Im Unterschied zu seinen Kollegen erweist sich der Psychiater als viel neugieriger auf den Liebhaber als auf den Ehemann.

Zweifellos liegt das an seinem besonders aufmerksamen Interesse für meine Geschichte.

«Haben Sie etwas von diesem Mann gehört, diesem … Roch, richtig? Hat er sich seit dem Sonntag vor drei Wochen gemeldet?»

«Ja, er hat mir eine Nachricht hinterlassen, dass er sich wundert, keine von mir zu erhalten.»

«Was haben Sie ihm erzählt?»

«Nichts. Ich habe nicht geantwortet. Ich habe in meinem Büro ausrichten lassen, dass ich gesundheitliche Probleme habe, eine Frauensache. Er wird es erfahren.»

«Ich verstehe.»

Nach dem «nicht wahr», ist das «Ich verstehe» ein Fortschritt auf der Subtilitätsskala des Arztes. Er ist mir sympathischer als die vorhergehenden.

«Wenn man eine Frauensache vorschiebt, fragen die Leute nicht mehr nach, sondern nicken verständnisvoll. Sie fragen nicht, ob es ein Fibrom, Eileiterkrebs oder Herpes ist. Sie erkundigen sich höchstens, ob es ernst sei. Sie wissen schon …»

«Ja, natürlich. Das ist sehr üblich. Und was sagen Sie dazu?»

«Dass es mir gelegen kommt.»

«Glauben Sie wirklich? Wollen Sie Ihren Zusammenbruch wirklich nur mit Ihren Töchtern und Ihrem Mann teilen und denjenigen verschonen, der offensichtlich der Kern der Sache ist? Wollen Sie lieber, dass er nichts erfährt und diese kleine Liaison nach Belieben fortsetzen kann? Ich provoziere, aber … hat er nicht ebenfalls ein Recht auf die Wahrheit über Ihre Frauensache?»

«Vielleicht …»

«Schützen Sie ihn nicht! Sie überfordern sich selbst, weil Sie ihn zu sehr schützen. Sie sind in Gefahr, nicht er.»

«Vielleicht.»

«Nein: nicht vielleicht, ganz sicher. Betrachten Sie seine Situation einmal objektiv: Er hat mit Ihnen seit mehreren Jahren eine für ihn sehr befriedigende Beziehung. Unter befriedigend verstehe ich förderlich, bereichernd, auf allen Ebenen, persönlich, emotional, sexuell, intellektuell, neuerdings auch beruflich, das ist eine ganze Menge, nicht wahr? Ich sagte befriedigend, und das ist sie erst recht, weil sie seine Ehe und sein Familienleben keineswegs gefährdet.»

«*Keineswegs*, das ist leicht gesagt …»

«Gibt es eine unmittelbare Bedrohung für die Stabilität seiner Ehe?»

«… nein.»

«Inzwischen verlässt Sie Ihr Mann, weil er von Ihren Eskapaden und Ihrer Unentschlossenheit genug hat, vielleicht auch aus anderen Gründen, das wissen Sie nicht … Nicht wahr? Hinsichtlich dieser Trennung zeigt Ihr Liebhaber seit bald zehn Jahren keinerlei Fürsorge, sondern rührt sich einfach nicht. Sie klettern sogar über eine Brüstung, während er den Sonntagsaperitif mit seiner Familie genießt, bei einer anhänglichen und abhängigen Frau, die ihn niemals verlassen wird. Wollen Sie ihm das verheimlichen? Finden Sie nicht, dass die Partie etwas zu einfach für ihn ist? Reiben Sie ihm ein bisschen das Chaos in Ihrem Leben unter die Nase, das er mit verursacht hat, egal, was Ihre Pläne für die Fortsetzung sind.»

Das ist wenigstens klar. Ich glaube weder an Freud noch an Lacan, aber wie und was er redet, wirft mich um. Es folgt ein langes Schweigen, das ich mit stummen Tränen ausfülle und das er mit sanfter Stimme bricht:

«Ich finde Sie eigentlich sehr vital, ich denke, dass Sie nicht in dem Zustand sind, es wieder zu versuchen, aber gut geht es Ihnen nicht, nein, Sie haben eine schwere Depression, die schon lange schwelt. Weil Ihnen das Leben, das Sie führen, nicht bekommt, es quält sie, es lässt Sie sehr schmerzhaft leiden. Und Sie können keine neue Seite aufschlagen, weil Sie sich in eine merkwürdige Situation, eine allzu lange, allzu starke affektive Abhängigkeit von diesem Mann hineinmanövriert haben. Sie sind überhitzt, wie man in der Technik sagen würde. Sie müssen sich entspannen und dafür einen klaren Bruch mit Ihrem Alltag organisieren. Physisch und symbolisch, beides ist wichtig. Ich empfehle Ihnen, einen Monat in eine Spezialklinik zu gehen.»

Bitte sehr, das Urteil ist gefällt, ganz klar. Ich widersetze mich nicht. Nur ein paar praktische Fragen, ich will wissen, ob ich ihn weiter anrufen und danach wieder aufsuchen kann. Die Ausrede mit der Frauensache wird auf der Arbeit auch nicht halten. Bringen wir etwas Wahrheit in dieses Chaos.

X + 3336

In Ville-d'Avray habe ich gleich nach den Sommerferien einen Platz bekommen.

Wir sind eine von vornehmen Vorstadthäusern gesäumte Straße entlanggefahren, Kalkstein mit roten Fugen, umgeben von Grün. Paul hat an der Wechselsprechanlage meinen Namen genannt, und das Tor zum Park hat sich geöffnet, um sein Auto in die Allee mit den großen Bäumen zu lassen. Altweibersommer, es ist noch warm, das Licht einer endenden Welt.

Er holt meinen kleinen Koffer aus dem Kofferraum. Auf dem Weg hinauf zu der großen Fachwerkvilla achte ich auf jede seiner Gesten, ich fühle mich wie eine Verurteilte, vielleicht werde ich das alles nie wieder auf dieselbe Weise sehen, Pauls Fürsorge, das Licht dieses Herbstmorgens, die Wangen meiner Töchter beim Aufwachen, noch ganz voll vom Sauerstoff der Ferien, das gelbliche Laub der großen Kastanien.

Das Gebäude sieht nicht aus wie eine Klinik, sondern wie die Familienpension, in der André Dussolier und Catherine Frot in *Le crime est notre affaire* verkehren. Ein bewusst aus der Zeit gelöstes Haus, unversehrt mit seinem Mobiliar aus den vierziger Jahren: lackiertes Holz, schmiedeeiserne Kleiderständer, abgewetzte Klubsessel und alte Bücher mit Leineneinband. Nichts Aseptisches, sondern eine leichte Unordnung, eine unbestimmte, müde Atmosphäre, ein lustloser Schlendrian und irgendetwas Geheimnisvolles. Dieses Haus könnte einem irgendwie Angst machen, ja, man könnte sich in seinem Innersten, irgendwo am Ende eines Flurs, hinter einer falschen Holztäfelung ein Zimmer für Elektroschocks aus einem anderen Zeitalter vorstellen.

Man sagt uns, ich werde erwartet, aber seltsamerweise lässt man uns dann eine Dreiviertelstunde in den weichen Sesseln der großen Eingangshalle schmoren.

Die Minuten und die Patienten gehen vorbei. Manche sind abwesend, laufen wie Roboter, weichen unseren angstvollen Blicken aus. Andere sind lebendiger, aber auch sie mit der Last unendlicher Müdigkeit. Die Gesichter sind ernst und verschlossen. Besorgt sehe ich Paul an und gebe ihm zu verstehen, dass das alles vielleicht nichts für mich ist. Er reagiert überhaupt nicht, sondern setzt seine zerstreute Lektüre des *Figaro* fort, dann legt er ihn weg und sieht gereizt auf die Uhr. Eine Patientin in weißem Frotteebademantel kommt angeschlurft und bewegt die Lippen, aus denen kein Ton dringt. In mir steigt wieder das gleiche Unbehagen auf wie in Sainte-Anne, ich habe überhaupt nicht das Gefühl, dass es mir so schlecht geht wie diesen Leuten. Ich lege die Hände auf die Sessellehnen, als wollte ich aufstehen und gehen, aber da kommt eine Frau in weißem Kittel zu uns und sagt zu mir: «Kommen Sie bitte mit, Madame?» Paul will uns folgen, aber die Frau hält ihn zurück: «Monsieur, der Arzt wird in ein paar Tagen mit Ihnen sprechen, wenn das möglich ist, Sie können jetzt fahren, wir rufen Sie an, um Ihnen einen Termin vorzuschlagen.»

Überrascht und entwaffnet sieht Paul mich an. Meine Verzweiflung explodiert bei der Vorstellung, dass er weggeht und mich hier, an diesem neuen Ort für Verrückte, zurücklässt, ich packe seine Hand, er umarmt mich, sagt mir sehr sanft auf Wiedersehen, und ich flehe ihn an: «Du kommst, bitte!», dann drängt die Frau in weißem Kittel: «Kommen Sie, Madame, der Arzt erwartet Sie.» Sie öffnet die Tür zu einer Treppe, die in den Keller führt, und ich verliere Paul aus den Augen. Es ist vorbei, ich bin hier, ich bin drin.

Ich betrete ein Sprechzimmer mit Glastüren vor einer Terrasse, die ich beim Ankommen nicht gesehen hatte. Das Tageslicht mindert meine Angst um eine Stufe. Der Arzt, der mich begrüßt, ist um die fünfzig, seine weit geöffneten blauen Augen hinter der runden Brille sehen mich sogleich durchdringend an. Ich überlege mir, dass diese erste Beobachtung des Patienten wohl entscheidend für die Diagnose ist. Zweifellos erkennt er an der Haltung und der Art, wie man sich hinsetzt, am fliehenden Blick den Grad der Verzweiflung der Hereinkommenden. Der Boden ist mit einer Plastikschicht bedeckt, die Geräusche und Stürze dämpft. Ich strenge mich an, um so ruhig wie möglich zu erscheinen, aber von Beginn der Befragung an, die mehr oder weniger identisch mit der in

Sainte-Anne oder bei dem niedergelassenen Psychiater ist, strömen meine Tränen. Ich sage ihm, dass ich große Angst vor diesem Ort und vor dem habe, was man hier mit mir machen wird; auch wenn ich aus freien Stücken gekommen bin, weiß ich nicht, ob ich bleiben will. Er beruhigt mich, nutzt seine Erfahrung, sagt, dass mein Zustand ernst, aber nicht katastrophal sei. Dass sich mein ganzer Körper mobilisiert und angespannt habe, damit ich nicht zusammenbreche, dass meine Nerven gewissermaßen etwas zu lange überreizt seien. «Sie wachen seit Wochen um drei Uhr früh auf. Sie nehmen ab. Das sind die Symptome der Depression. Ihre Müdigkeit ist so groß, dass sie gewissermaßen keine Erlösung mehr findet. Wenn man nicht mehr schläft, kann das Gehirn nicht funktionieren. Wir müssen erst mal diesen Druck lösen. Und dafür einen Bruch organisieren. Die Klinik – dieser seltsame Ort, das gebe ich zu – ist der erste Schritt: Wir entziehen Sie der Welt. Und dann werden wir Ihnen nur helfen zu schlafen, und zwar mit Tranxilium, zuerst als Tropf, dann in Tablettenform. Sie werden spüren, wie die Schutzwälle, die Sie aufgebaut haben, nachgeben. Das wird nicht wehtun. Sie brauchen das, um zu Kräften zu kommen. Ihre psychische Anspannung ist zu groß. Damit fangen wir an. Das wird eine Woche dauern. Es gibt keine brutale Behandlung, nur dieses Beruhigungsmittel, das stark, aber notwendig ist.

In der restlichen Zeit, ich schätze zwei Wochen, werden wir die Behandlung mit Antidepressiva festlegen, ganz übliche Medikamente. Wir bestimmen die Dosierung, und Sie werden sehen, wenn Sie wieder zu Hause sind, wird es Ihnen schon viel besser gehen. Aus einer Depression kommt man ohne Chemie nicht mehr raus. Diese Medikamente sind ziemlich verrufen, aber Sie werden schnell eine deutliche Besserung spüren. Und vergessen Sie vor allem eines nicht: Hier urteilt niemand über Sie, wir sind da, um Ihnen zu helfen, wir schauen nicht auf Ihr Leben.»

Der Arzt lächelt fast väterlich, als er mich zur Tür begleitet, er ruft die Schwester, und sie führt mich in die oberste Etage. Plötzlich habe ich große Angst. Die Station ist abgeschlossen, man kommt nur mit einem Code hinein. Ein Dutzend Türen, alle geschlossen, mit dem berühmten Bullauge, halb Milchglas, halb transparent. Die Heuchelei dieser halben Undurchsichtigkeit. Die Schwester öffnet eine Tür, und ich erkenne meinen Koffer, der ganz einsam in dieser nackten, altertümlichen Kulisse steht. Ich räume zitternd meine Sachen in einen Wandschrank und eine kleine Kommode aus den vierziger Jahren. Dabei weine ich ohne Unterlass. «Machen Sie sich keine Sorgen, Madame, das wird schon. Sie werden sich gleich entspannen und schlafen.» Sie geht kurz raus, und ich ziehe ein Nachthemd an, die Tür fällt zu, ich drücke die Klinke, aber sie geht nicht auf. Als die Schwester mit dem Tropf wiederkommt, hocke ich auf dem Boden in einer Ecke und werde von Schluchzen geschüttelt. «Kommen Sie, das ist nicht gut.» Ich sage ihr, dass ich gelegentlich an Schlafapnoe leide und Angst habe, meine Zunge zu verschlucken und nicht mehr aufwachen zu können, um zu atmen. «Nein, nein, machen Sie sich keine Sorgen, wir werden gut auf Sie aufpassen, das muss sein, ich verspreche es Ihnen, das ist das Einzige, was Ihnen guttut.» Sie nimmt mich am Arm und legt mich auf das Bett, ich leiste keinen Widerstand mehr. Ich zittere so stark, dass sie meinen Arm ganz fest halten muss, als sie die Nadel einsticht und den Verband anlegt. Die Flüssigkeit rinnt, und ich klammere mich wie eine Ertrinkende an die Schwester, sie streichelt meinen Arm, hält mich mit ihren Augen fest, nimmt mir all meine Angst, nimmt sie bis zum Ende.

X + 3343

Das Aufwachen ist mühsam. Als verließe man einen langen weißen Sandstrand und fände sich mit nackten Füßen auf den Steinen wieder. Jede Bewegung ist anstrengend. Ich wiege Tonnen, aber alle Spannung ist verschwunden. Zuerst kam mir mein Bewusstsein der Realität stockend und gedämpft vor. Ich dachte, mein Verstand trete auf der Stelle. Irrtum, alles ist mir ganz präzise eingefallen, alles, was vor der Infusion war. Von da an habe ich ein Loch. Ich bin in den großen Tunnel des Schlafes gekrochen und erst vorgestern daraus aufgetaucht. Gestern habe ich mitbekommen, dass man mich auf eine andere Station brachte. Die geschlossene Abteilung ist Vergangenheit, ich residiere in der Etage der freien Menschen. Ich könnte heute schon in den Speisesaal hinuntergehen, wären meine Beine nicht bleischwer und mein Widerstreben, die Mitgefangenen zu treffen, riesengroß.

Paul war heute Mittag hier, zuerst verlegen, dann beruhigt von meinen zusammenhängenden Sätzen. Wenn du Zweifel hinsichtlich dieser Behandlung hattest, Paul, hättest du sie früher äußern können ... Komm, keine Anschuldigungen. Für einen Exmann legt er eine überdurchschnittliche Anteilnahme an den Tag. Er konnte sich nicht beherrschen und hat seine Lieblingszeitung *Canard enchaîné*, unter dem Arm, die er geradezu gierig aufschlägt, kaum dass der Punkt meines Gesundheitszustands abgehakt ist. Ich erkenne ihn wieder, das ist er, diese niemals ganz unterdrückte Ungeduld, das Bedürfnis, etwas anderes zu tun, bei nichts zu verweilen, immer unterwegs zu sein. Diese Geschwindigkeit hat er sich als Kind angewöhnt, als er sich die Nägel abkaute, weil er sich gedulden musste, um sein Leben zu leben. Er hatte es eilig, die Gespenster zu meiden und den schweren Themen in seiner von Dramen geplagten Familie zu entfliehen, in der die Mädchen sterben, bevor sie zwanzig sind. Die Schwestern seines Vaters, seine Cousinen, Opfer eines Fluchs, Krankheit oder Unfall. Angedeutete und verborgene Anwesenheit. Und die Augen seines Vaters waren verschleiert von der Trauer um die Verschwundenen. Wollte Paul in sich etwas von dieser Weiblichkeit bewahren, die die Macht besaß, den väterlichen Blick feucht werden zu lassen? Hat mich eine Woche Tranxilium über Pauls Identität aufgeklärt? Nein, ich wusste es vorher. Hat ihm schon jemand gesagt, jemand mit Autorität, jedenfalls nicht ich, dass man nicht damit warten darf, man selbst zu sein? Er hat den ersten Schritt gemacht, mich verlassen, aber der Rest des Wegs liegt noch vor ihm. Das Erlebnis mit der Schwulen-Website kommt mir in den Sinn, und ich beobachte ihn aufmerksam: seine vollendete, durch dosierte Nachlässigkeit betonte Eleganz, seine gewählte Redeweise, sein Geschmack, seine seltsame Art, über alles hinwegzugehen, was tief oder ernst ist, und sich an der Oberfläche der Gefühle und der Gedanken zu bewegen, die hartnäckige Vermeidung von Schwere, körperlicher und geistiger; ist all das, was ich an ihm gemocht habe, nur eine Parade, seine Verteidigung, seine ganz eigene Weise, allen zu sagen, dass es sich nicht gehört, an die wahren, die schmerzhaften Dinge zu rühren, an eine Jugend, in der sein Anderssein nie existieren konnte? Es kommt mir vor, als würde ich ihn endlich wahrnehmen, als würde ich in einem offenen Buch lesen, dabei sind die Medikamente keine Scharfsinnverstärker, eher das Gegenteil, hat man mir erklärt, Abilify und Prozac, *la vie en rose*.

Er faltet die Zeitung zusammen, gibt mir einen sanften, frischen Kuss auf die Wange und verabschiedet sich. Ich denke weiter über ihn nach, während ich ihm mit den Augen bis zur Tür folge.

X + 3356

Paul hat mich mit den Mädchen abgeholt und uns drei ins Chalet de l'Oasis im Parc de Saint-Cloud gebracht. Sie kamen schüchtern ins Zimmer und wandten mir ihre kleinen Gesichter voll ängstlicher Erwartung zu. Ich saß mit angezogenen Beinen und einem Buch in der Hand auf dem Bett, und diese Haltung hat sie sofort beruhigt. Das war ihre Mutter, es ging ihr gut, denn sie las, sie war besser drauf, als sie sich ausgemalt hatten. Es schnürte mir das Herz zu, zugleich war ich überglücklich; ihre Köpfe an meinen Schultern und unsere sechs verschlungenen Arme, das war alles, was ich mir wünschte. Ich verließ die Villa mit einem Mädchen an jeder Hand und dem heimlichen Staunen, dass man mich einfach so hinausgehen ließ. Ich war also wirklich nicht verrückt geworden, ich würde zu einem normalen Leben zurückkehren.

Im Chalet im Park haben wir mit den Händen und mit großer Begeisterung gebratene Hühnerflügel gegessen. Ja, wirklich, alle Begeisterung, zu der ich imstande bin, und es funktioniert, weil sie mir gefehlt haben, weil mir bewusst wird, wie sehr ich ihre Anwesenheit zum Leben brauche. Die kleinen Erlebnisse in der Schule, die Scherze der Freundinnen, sie erzählen eifrig, was ihr Leben während dieser drei Wochen ausgefüllt hat, und überspielen ihre Neugier darauf, was ich erlebt habe, bis die Große fragt:

«Und du, Mama? Was haben sie mit dir gemacht?»

«Nichts, weißt du, sie haben mich einfach ein paar Tage hintereinander schlafen lassen.»

«Und was hat das gebracht?»

«Das bringt eine große Entspannung, und es erleichtert.»

«Also erinnerst du dich an nichts mehr?»

«Doch, aber ich fühle mich weniger unter Druck. Jetzt wird noch die Dosis für die Tabletten festgelegt, und in einer Woche bin ich wieder bei euch.»

«Wohnen wir weiter bei dir, Mama?»

«Natürlich! Warum?»

«Wir haben uns das gefragt.»

«Hat euch Papa was anderes gesagt?»

«Nein, aber wir wussten nicht, ob es geht, wir waren nicht sicher.»

Ich schaue Salomé an und sehe das Entsetzen in ihren Augen, als sie mich auf dem Balkon packte, mein Bein noch im Leeren. Es ist noch da, hinter ihrer ernsten Freude, mich zu sehen, wie ein Schleier über ihrem Vertrauen, wie ein Zweifel. Sie wird ihn noch lange in sich tragen, und ich mache mir deshalb große Vorwürfe. Rose ist unbeschädigt, sie trägt nicht das Bild einer abstürzenden Mutter in sich, Rose war bei ihrer Freundin zum Vesper.

«Und willst du, dass wir weiter zusammenwohnen?»

Salomé sieht mich an und nickt.

«Bist du sicher?»

«Ja.»

Und dann sagt sie mit ihrer klaren Stimme:

«Papa wird eine Wohnung ganz in der Nähe suchen, wir werden am Wochenende auch mal bei ihm schlafen.»

«Ja, natürlich, mein Schatz, natürlich …»

Rose ist verblüfft, ihr Mund steht halb offen. Sie starrt Salomé an, und ich sehe, dass sie der großen Schwester vertraut.

Ich nehme ihre von Hühnerfett glänzenden Hände und drücke sie ganz fest, ich sehe sie abwechselnd an, ich lächle, so gut ich kann, meine Augen füllen sich mit Tränen, und ich sage ihnen den unvernünftigen Satz, diesen für sie zu großen Satz, den ich auf dem Herzen habe, seitdem Paul weg ist, diesen Satz, der ein Fehler ist, aber gleichzeitig der wahrste meines Lebens, so wahr, dass man es sehen wird, dass jeder andere Satz über den Tellern mit Frites und den Gläsern mit Grenadinenlimonade in der Septemberbrise falsch geklungen hätte, und obwohl ich weiß, dass ich es nicht tun sollte, glaube ich keine Sekunde, dass ihnen das schaden könnte. Den Psychiatern und Ärzten zum Trotz sage ich:

«Ich brauche euch, meine Liebsten.»

X + 3360

Ich sah ihn schon von weitem kommen. Ich saß in einem Sessel ganz hinten auf der Terrasse, in eine Decke gehüllt, ein Buch auf den Beinen, das Gesicht der Herbstsonne zugewandt. Ich sah auf, als er durch die Tür trat, seine große Gestalt zögerte auf der Schwelle. Roch. Ich verstand nicht, dass man ihn hereingelassen hatte. Normalerweise haben nur Angehörige Zugang, die den Patienten nicht durcheinanderbringen. Wie war er durch die Maschen des Netzes geschlüpft?

Ich legte mein Buch auf den Tisch und wandte mich ihm zu, ich war nicht sicher, ob ich ihn näher kommen sehen wollte, zugleich hatte ich Lust darauf. Er sah diesen Zwiespalt, nahm sich die Zeit, ihn festzustellen. Ein entschlossener Schritt, noch einer. Er kam zu meinem Sessel, und weil ich nicht aufstand, um ihn zu umarmen, blieb er ein paar Sekunden stehen, sehr nah, viel zu nah für einen normalen Besucher, überragte mich mit seiner ganzen Größe. Ich sah zu ihm auf, und er schaute mich eindringlich, mit ungewohnter Neugier an, suchte in meinen vom erzwungenen Schlaf geglätteten Zügen nach den noch sichtbaren Zeichen der Verwüstung. Mir schoss durch den Kopf, dass vielleicht ein Pfleger sein Eindringen bemerkt hätte, dass sie angerannt kommen würden, um ihn wegzuschicken, aber niemand kam. Verlegen zog er sich den nächsten Stuhl heran und setzte sich neben mich, seine Armlehne berührte meine. Er beugte sich vor, die Ellbogen auf den Knien, dann plötzlich nahm er meine Hand, als stürzte er sich ins Wasser: «Verzeih, verzeih, verzeih …»

Das war einfach und dennoch aufrichtig. Er war also gekommen. Wer hatte es ihm erzählt? Nur wenige wussten, was mit mir passiert war, wo ich mich aufhielt. Zwei Personen im Büro, und auch sie nur teilweise. Er hatte sich also aus der Deckung wagen, sich irgendwie offenbaren müssen, um den Weg bis zu mir zu finden. Ich sagte nichts, fragte nichts. Da fing er an zu reden, ohne mich anzusehen, wir saßen nebeneinander, den Bäumen im Park zugewandt, meine Hand in seiner. Nur manchmal wandte er mir den Kopf zu, als wollte er sehen, wie seine Worte wirkten.

«Ich bin fix und fertig, Marie! Erst hatte ich ein unendlich schlechtes Gewissen gegenüber meiner Frau und jetzt wegen dir. Ich wollte dieses ganze Leid nicht, und trotzdem bin ich die Ursache. Ich habe deine Ehe zerstört und stehe da wie ein Idiot, gehe jeden Abend nach Hause, renne sinnlos rum, sehe meine Frau kaum an, suche dich, erst halb tot vor Sehnsucht, dann vor Sorge, als die Stille immer länger dauerte. Ich werde dir nicht erzählen, wie ich dich hier gefunden habe, dir ist es sowieso egal, aber ich hatte Angst. Ich habe immer noch Angst. Also habe ich eine Entscheidung getroffen. Ich kann sie nicht verlassen, denn sie würde es nicht ertragen. Aber ich werde dich auch nicht verlassen, niemals. Ich kann es nicht. Du kannst dir sicher sein, dass ich bei dir bin, für immer, wenn du willst. Ich will dich nicht so sehen, ich habe deine Fröhlichkeit, deinen Schwung zerstört, vielleicht habe ich sie sogar benutzt, um meine schwarze Seele zu beschwören. Also kann ich dich jetzt nicht allein lassen, ich werde da sein, ganz in der Nähe, es wird dir besser gehen, ich will dir helfen, bei dir sein.»

Er hatte sich kaum gerührt, er war sicher betroffen, doch, irgendwie schon. Es war so dreist, was er da gesagt hatte, so inakzeptabel, aber er merkte es nicht mal.

Ich spürte eine leichte Erregung, ganz harmlos, sicher von den Medikamenten betäubt, auf jeden Fall war es nicht mehr das Feuer, das mich früher bei seiner Berührung durchzuckt hatte. Etwas hatte sich geändert, so als hätte sich in den dreieinhalb Monaten seit unserer letzten Begegnung in mir eine Entfernung, eine Art Bruch vollzogen. Er hatte nichts von alldem erlebt, war nicht über eine Balkonbrüstung geklettert, nicht eine Nacht lang im Krankenrevier der Polizeipräfektur gewesen, niemals in Sainte-Anne eingesperrt worden. Mein Leben hatte eine besondere Intensität erhalten, voller Wendungen, voll von schmerzhaften, aber heilsamen Erkenntnissen. Er hatte nur die Sehnsucht, seine unbefriedigende Ehe und die Leere erlebt. Diesmal spielte der Unterschied zwischen uns zu meinen Gunsten und machte mich trotz des Anscheins, der Klinik und des ganzen chemo-medizinischen Plunders weniger verletzlich.

Ich war vorangekommen. Er war noch genau am selben Punkt.

Ich fühlte einen neuen Egoismus in mir aufsteigen, deshalb traf ich, nachdem er gegangen war, die Entscheidung, den Mann zu behalten, solange ich ihn brauchte. Bei dem, was mich erwartet, bei der Scheidung, wird er meine Kraft sein. Er wird mich unterstützen, das ist er mir wohl schuldig. Wir werden ja sehen, ob er es schafft.

X + 3363

Draußen hat der Herbst endgültig den Sommer abgelöst. Ich gehe zu Pauls Auto. Er trägt ein auffällig buntes Hemd, und ich frage, ob er damit etwa ins Büro gehen will.

«Sieh an, du hast nichts von deinem Humor verloren, es scheint dir wirklich besser zu gehen.»

Während der Fahrt sprechen wir von den Mädchen und davon, wie wir alles organisieren werden: jedes zweite Wochenende und ein Abend in der Woche bei ihm. Ich schließe bewusst die Möglichkeit der geteilten Betreuung aus: «Du bist in der Woche nie da, du reist zu viel, ich will nicht, dass die Mädchen allein sind.»

«Ich könnte es so einrichten, dass ich in diesen Wochen nicht reise …»

Der Satz bleibt in der Luft hängen. Ich beobachte ihn am Steuer. Er will mich nicht gleich in der ersten halben Stunde reizen. Ich genieße meine neue Macht als Überlebende eines SV. Nicht sehr ruhmreich, aber wirksam.

Paul setzt mich vor dem Haus ab. Er ist schon ausgezogen.

«Hast du was mitgenommen?»

«Noch nicht. Nur meine Klamotten. Wir haben Zeit, oder?»

«Ja, natürlich.»

Der Fahrstuhl ist kaputt, aber Paul ist schon weg. An meiner Atemlosigkeit ermesse ich die heimtückische Müdigkeit, die sich in mir angesammelt hatte. Sie ist immer noch da. In der Wohnung gehe ich direkt in die Zimmer der Mädchen, rieche an ihren Sachen, suche den Körpergeruch in ihren Kuscheltieren, ihren Decken, und endlich kommt die Erleichterung.

X + 3385

Heute Abend hat er mich wieder in die Arme genommen. Er hat wieder «verzeih, verzeih, verzeih» gesagt. Mitten in der Umarmung hat das Wort rhythmisch seine Stöße begleitet.

Danach habe ich mich gefragt, ob ich ihm verziehen habe. Die Antwort war klar: nein. Der innere Abstand entspricht nicht dem Verzeihen. Es verhindert es vielmehr. Um zu verzeihen, braucht man ein warmes Herz, voller Wohlwollen für den, der bereut. Man braucht dazu Güte und Großzügigkeit, und davon spüre ich nichts. Nein, mein Ziel ist ein anderes, ich will meine Festigkeit zurückerobern, meine emotionale Abhängigkeit verringern, die Einsamkeit zähmen, aber nicht mehr in der Hingabe, nicht mehr in dieser bedingungslosen Liebe, deren Wonnen und Qualen ich mit ihm erkundet habe.

X + 3623

Je besser es mir geht, desto schlechter geht es Roch. Das Phänomen der kommunizierenden Röhren behagt mir nicht. Ich denke, dass die wahre Liebe keine Punkte verteilen und nicht den Mittelwert aus dem Unwohlsein des einen und dem Wohlsein des anderen berechnen darf. Als müsste sich der eine auf dem Rücken des anderen erholen. Tief in mir steckt eine hässliche Hellsichtigkeit, die auf die fehlende Liebe zeigt.

Aber er, der Liebhaber, hat viele Gründe, auf der Stelle zu treten.

Was geschieht im Leben eines Mannes, wenn seine beruflichen Gewissheiten schwanken, wenn der Erfolg plötzlich von Schwierigkeiten verdrängt wird? Für Roch kam es ganz plötzlich, durch einen Wechsel in seinem Unternehmen. Nichts war vorherzusehen, in wenigen Wochen wurde das Ruder umgelegt. Seine neuen Chefs sehen seine Fähigkeiten nicht; was früher seinen Wert ausmachte – seine Kenntnisse des Themas, seine Gewissenhaftigkeit, sein Perfektionismus –, hilft ihm heute nicht mehr. Er bräuchte politischen Instinkt, eine ordentliche Dosis Perversion, kalte Distanz, aber das alles fehlt ihm. Über seine Firma, eins der großen Börsenunternehmen, bricht eine Katastrophe herein. In einem Wirbel von Abgangsentschädigungen, goldenen Fallschirmen und Niedertracht vernichtet sie ihren eigenen Wert. Roch wird von diesem Sturm durchgerüttelt. Seine früheren Allianzen geraten ins Wanken oder brechen ganz und gar. Um Haaresbreite entgeht er den tödlichen Schlägen. Sein Gesicht wird mürrisch, seine Züge erstarren in einer Abwehrhaltung, das Sonnenlicht seiner Augen ist ständig von Müdigkeit verschleiert, und manchmal streicht der Schatten der Angst über seine Stirn. Mitten in meiner Scheidung und trotz meines schleichenden Egoismus ertappe ich mich dabei, ihm zu helfen. Seine Verbundenheit mit seiner Arbeit hat mich immer berührt, auch wenn sie sich für die Menschen um ihn herum als zerstörerisch erweist. Im Gegensatz zu den traurigen und untätigen Ehefrauen, die abends schimpfend auf die Rückkehr des Gatten warten, gefallen mir Männer, die hart arbeiten. Ich mag ihre Fähigkeit, sich zu engagieren und einzusetzen. Natürlich ist Roch ehrgeizig, aber seine Liebe zur Arbeit ist stärker, und das überzeugt mich am Ende immer wieder. Die Hingabe eines Menschen für seine Arbeit begeistert mich. Seine Energie für sein Werk steht oft in keinem Bezug zu dem Gewinn, den er daraus zieht. Roch gehört zu den Menschen, deren ganzes Leben auf einem hohen Arbeitsideal beruht. Ich spüre, wie ihn die fehlende Anerkennung für seinen grenzenlosen Einsatz verletzt. Sie quält ihn. Zu Hause muss er weiter als Held des Geschäfts und der Karriere auftreten. Sein Ärger muss unbemerkt bleiben, das ist klar. Der Stolz des *pater familias* besteht in ihm fort.

Bei mir ist er nicht so zurückhaltend. Ich werde seine Vertraute und versuche, ihm die Last des täglichen Unbehagens abzunehmen, das diese aberwitzige Situation erzeugt. Roch ergießt das Elend, das an ihm nagt, in mein Ohr. Es mischt sich sogar in unsere Umarmungen; er gibt wenig, ist zu besorgt, und ich gebe schließlich mehr, ohne an die Wirksamkeit dieser Therapie zu glauben. Wir treffen uns bei ihm, in einer Wohnung, die mir schrecklich grau vorkommt. Dort haust er mit seiner studierenden Tochter, während seine Frau in Angers eine Basis für ihr Heim errichten soll. Ihre Möbel und alle Sachen sind dort, er lebt hier in einer gewissen Mittellosigkeit. In der Armut des 21. Jahrhunderts natürlich: Internet, Flachbildschirm, iPod, Espressomaschine. Mich verblüfft das typisch männliche Talent, in seiner Wohnung ein erfreuliches technologisches Umfeld zu schaffen und die modernste Technik mit einem spartanischen, aber bequemen Dasein zu verbinden. Roch hat seine Bedürfnisse auf ein weiches Sofa und einen Hochflorteppich in gebrochenem Weiß reduziert, in dem unsere Zehen wühlen und auf dem wir uns nach der Liebe von den Rhythmen seiner Playlist, die aus zwei winzigen Boxen mit klarem und präzisem Sound ertönen, wiegen lassen.

Tierfell und iPod, so pendelt der Mann zwischen dem Vergnügen und seinem Arbeitsärger. Bevor wir miteinander geschlafen haben, haben wir die Probleme analysiert, seziert, hin- und hergewendet. Wir haben gemeinsam mögliche Fallen, Drohungen und Chancen bewertet, die von den Strategischen Unternehmensberatern in einer Vierermatrix, genannt SWOT (Strengths, Weaknesses, Opportunities and Threats), eingeordnet werden. Mir kommen vage Erinnerungen an eine weit zurückliegende und oberflächliche Lektüre von Clausewitz, der für mich durchaus noch Gültigkeit für das Unternehmensleben hat.

Mein großer Krieger ruht auf der Seite, seine Wachsamkeit hat nachgelassen. Ich schmiege meinen Hintern an seinen weichen, feuchten Penis, genieße die unendliche Sanftheit dieser Berührung. Mir kommt in den Sinn, dass er mir gegenüber jedes Schamgefühl, ja sogar jeden Stolz verloren hat. Der Beweis sind unsere Gespräche über seine berufliche Bedrängnis. Als schämte er sich nicht mehr, die Maske fallen zu lassen. Ich weiß noch, wie wir uns anfänglich auf unsere Begegnungen vorbereiteten, ich brauchte Zeit, und auch er überließ nichts dem Zufall. Ariane und Solal, dachte ich damals. Bevor ich zu ihm gehe, schließe ich mich im Büro heute immer noch lange in der Toilette ein, tausche die Strumpfhose gegen Stay ups, ziehe manchmal ein anderes Kleid an, parfümiere und schminke mich neu, will unbedingt so frisch aussehen, als käme ich gerade aus der Dusche. Geändert hat es sich bei ihm. Er geht gleich nach der Arbeit mit mir aus, der Geruch seines Tages haftet an ihm, sein Atem kündet von der Müdigkeit. Es springt mir in die Augen: das zunehmende Verschwinden des Einsatzes. Welcher Einsatz? Zu gefallen. Er hat nichts mehr zu verteidigen.

Im dunklen Wohnzimmer erreichen uns die Lichter und Geräusche der Stadt, die uns umschließt und nur allmählich einschläft, wie ein allzu nervöses Tier. Ich lauere auf die Anzeichen des Schlafes, Rochs Erschöpfung lässt ihn in Bewusstlosigkeit versinken. Ich nehme seine Hand von meinem Bauch, löse meine Haut von seiner, dann gehe ich lautlos zum Bad. Während ich auf der Toilette sitze, fällt mein Blick auf zwei offene Tampax-Packungen, «normal» und «super». Sie stehen in einer Ecke auf den grauen Kacheln, gleich neben der Tür. Niemand hat sie hier vergessen, sie stehen absichtlich hier, ganz ordentlich, der Deckel sorgfältig in die kleine Kerbe gesteckt. Die Position der beiden Schachteln, Rücken an Rücken, zur Selbstbedienung dort aufgestellt, ein Angebot an jedes weibliche Wesen, das sich hier während der Menstruation befinden sollte, das fasziniert und berührt mich. Das habe ich noch nie in irgendeiner Toilette gesehen: dieses Arrangement, die offenkundige, nahezu öffentliche Verfügbarkeit dieser kleinen, üblicherweise verborgenen, mehr oder weniger nachlässig dem Blick von Dritten entzogenen weiblichen Accessoires. Bei Roch wohnt eine sehr schöne junge Frau, seine Tochter, von deren Empfindlichkeit, Kontrollbedürfnis und fast krankhafter Organisiertheit er mir öfter erzählt hat. Sie hat die beiden Schachteln dorthin gestellt, sie war das. Sie war es, in dem rührenden Willen, dem Fließen des Blutes zuvorzukommen, diesen Strom zu beherrschen, von dem die Frauen wissen, dass er sie ihr Leben lang überraschen wird, dass ihre verrücktesten Tricks, um seinen zur Unzeit kommenden Beginn zu beherrschen, allzu oft mit der unwiderruflichen

Verschmutzung kostbarer Unterwäsche und Flecken auf weißen Röcken erbärmlich scheitern. In diesem Bemühen, das Unerwartete zu bändigen, lese ich die feste Entschlossenheit, dem Zufall keinen Platz einzuräumen, nicht mal dem eines starken Flusses. Super oder normal. Diesem Exzess, jedem Exzess zu begegnen. Welche Bresche will sie damit schließen? Ist diese gefährliche Kluft wirklich in ihr? Oder eher woanders, innerhalb der Familie, bei ihrem Vater? Plötzlich glaube ich, dass sie es weiß. Ja, sie weiß es. Ganz sicher. Ich ziehe mich im Dunkeln an. Das Ladenschild gegenüber der Wohnung bespritzt die Wange des schlafenden Roch mit grellem Licht. Ich mache mich davon und winke auf der Straße ein Taxi herbei.

X + 3646

Ich treffe mich mit Roch zum Mittagessen am Canal Saint-Martin. Ich lasse ihn die Sorgen des Vormittags abladen. In wenigen Stunden hat er einen ganzen Berg angehäuft. Sein sonst so brillanter Verstand irrt durch ein Gewirr von Fragen. Ich neige eher zur Vereinfachung der Probleme, zum Sprudeln der Gedanken, zu klarer Rationalität. Mit seiner Komplexität kann ich nicht umgehen. Als ich während der Mahlzeit spüre, dass sich das Gespräch in den ausbleibenden Lösungen für seine Arbeit festfährt, nehme ich über den Tisch hinweg seine Hand:

«Erzähl mir von deiner Tochter. Erzähl mir von ihrer Krankheit damals, du hast nie richtig darüber gesprochen. Was hatte sie?»

Er senkt den Blick, sieht nach rechts, dann nach links zu unseren Nachbarn, die mit ihrem Essen beschäftigt sind.

«Ich spreche nicht gern darüber, das weißt du doch.»

«Ja.»

Mehr sage ich nicht. Eine Minute vergeht. Er legt seine

Gabel an den Tellerrand, die Worte folgen präzise aufeinander:

«Zuerst fing sie an, zu erbrechen, bevor sie zur Schule ging. Jeden Morgen. Sie frühstückte fast normal. Dann, meistens vor dem Losgehen, rannte sie zur Toilette. Manchmal schaffte ich es, sie ins Auto zu setzen, bevor die Übelkeit kam. Aber einmal, als ich vor ihrem Collège mit ihr einen Kaffee trank, weil wir zu früh waren, hat sie auf den Tisch erbrochen, direkt vor meiner Nase. Sie hatte sich angewöhnt, vor den Mahlzeiten alles zu wiegen, zu teilen, die Brotscheiben in winzige Stücke zu zerschneiden, wie für ein gekochtes Ei, und sie zu zählen. Sie schnitt auch beim Kochschinken jedes bisschen Fett ab. Ich habe sie seit Jahren nicht mehr mit Appetit ein Dessert essen sehen, obwohl sie es früher so gern mochte. Nach einer Weile hatte sie so abgenommen, dass sie für einen Monat in die Klinik musste.»

«Und jetzt?»

«Jetzt geht's. Irgendwann hat sie alle Medikamente und Rezepte in den Müll geworfen, aber sie kontrolliert immer noch alles. Sie hat zugenommen, nähert sich einem normalen Gewicht. Sie ist noch instabil und geht zur Ernährungsberatung.»

«Was glaubst du?»

Roch antwortet nicht.

«Hat euch das nicht zusammengeschweißt, deine Frau und dich?»

«Doch.»

«Ich verstehe.»

Ich hatte also mit allem recht: die Panik der Heranwachsenden, ihre Schreckensvision von der Auflösung des Elternpaares, dem Verschwinden des Vaters, die absolute Notwendigkeit, ihre Mutter zu schützen, ihren Vater in die Pflicht zu nehmen, sie zusammenzuhalten. Sich selbst in Gefahr bringen, schnell, und den Beschützerinstinkt des ratlosen, bis ins Herz getroffenen Vaters wecken. Eine ebenso dünne wie feste Liane, um sie aneinanderzubinden. Eine Wunderliane, einen Meter achtzig groß und fünfundvierzig Kilo schwer, mit Porzellanteint und blassrotem Haar, wie man sie in den Magazinen sieht.

X + 3983

Acht Quadratmeter, ein Dienstmädchenzimmer, das einem Freund gehört, hier treffen wir uns jetzt. Durch das Veluxfenster sieht man ganz nah die Kuppel des Panthéon, ich stehe auf dem Bett und recke den Hals.

«Weißt du, wo die großen Frauen sind? Bei den großen Männern?»

«Da sehe ich eine.»

Er steckt den Kopf unter meinen Rock.

Ich weiß nicht, was ich denken soll. Irgendwie gibt dieses Studentenzimmer unserer schon mehr als zehn Jahre alten Liebe den Schwung der Jugend zurück. In diesem Viertel, wo ich als Teenager herumlief, ist mir immer noch nach Fröhlichkeit zumute. Dabei ist nichts in diesen acht Quadratmetern normal.

Aus der Plastiktüte hole ich Zubehör für ein Picknick, Pappteller, durchsichtige Plastikgläser, Wegwerfbesteck und ein Schweizer Messer, an dem ich den Korkenzieher aufklappe. Er greift danach und kostet im nächsten Moment den Chianti, den ich unten beim Italiener gekauft habe. Ich mag diese Ecke von Paris, die der Tourismus nie gänzlich vom Weg abgebracht hat, Griechen, Italiener und Kebabbuden lassen sich nicht vertreiben, hier, zwischen Jussieu, Saint-Germain-des-Prés und Luxembourg, fühlt man sich am wohlsten. Zu unseren Füßen ist ein Festmahl ausgebreitet, Weinblätter, mit Ziegenkäse gefüllter Schinken, Chorizo, Kirschtomaten mit Mozzarella. Ich habe das Mittelmeer heraufbeschworen, der Chianti wirft uns auf die Matratze, und Roch umarmt mich inmitten der öligen Plastikdeckel. Teufel noch mal, denke ich, wir könnten doch eigentlich gar nicht so weit vom Glück entfernt sein. Wir könnten.

Mich entlastet meine neue Freiheit als Geschiedene, sie erleichtert zumindest das Doppelspiel, auch wenn mir dicker Schlamm an den Füßen haftet.

Rochs Wüstendurchquerung ist fast überstanden. Es geht bergauf bei ihm, aber eine Sorge jagt die andere. Jetzt siecht das Unternehmen seiner Frau in Angers dahin. Er weiß, dass er nicht kneifen darf, seine Ehe und ihre seelische Gesundheit stehen auf dem Spiel. Er erweist sich als stark, seine Schultern sind breit genug, um die heransausenden Kugeln eine nach der anderen abprallen zu lassen: Probleme mit dem Finanzamt, Ausstieg von Partnern, Lagerhaltung, Neubestimmung des Sortiments, er hat die Lösungen. Damit schützt er sie vor allem vor sich selbst, vor dem aufsteigenden Gefühl des Scheiterns, der Bilanz einer Fünfzigjährigen, der Einsamkeit, nachdem die Tochter aus dem Haus ist, der Menopause. Das ist viel, zu viel, er weiß es, aber er nimmt es auf sich. Ich denke allmählich, dass unsere Liebe für ihn nur eine Ablenkung ist, dass es hier, in diesen acht Quadratmetern, um Zerstreuung geht, während das Wesentliche woanders stattfindet. Weil ich einen kükengelben BH trage, habe ich wohl auch heute wieder das «Ziel des Entertainment» erreicht, wie ein Freund sagt, der bei Disney arbeitet. Ja, Weinblätter, gelbe Seide, das alles erweist sich als erfreulich. Er versucht auch gar nicht, Widerstand zu leisten, er weiß, dass es böse enden wird, aber er ist eines Tages im Park einer psychiatrischen Klinik feierlich eine Verpflichtung *ad vitam* eingegangen und hält sich daran.

Nach dem Sex ist uns so warm, dass wir den Chianti austrinken und das Veluxfenster weit aufreißen müssen, um die Luft der Montagne Sainte-Geneviève einzuatmen, und plötzlich wird mir bewusst, dass ich diese Abkapselung nicht will, dass mein Horizont nicht genügend geschrumpft ist, um mich damit abzufinden, dass ich hier ersticke, sowohl in seinen Armen als auch in diesem Zimmer, und ich breche in Schluchzen aus und sage es ihm, und plötzlich sehe ich ihn in Fötusstellung zu meinen Füßen liegen, und ich sehe nur Schweigen, Ohnmacht und Resignation. Ich höre sofort auf zu schreien, ziehe mich ganz schnell an und laufe schniefend davon. Ich habe etwas aufsteigen gespürt, das ich hasse: Mitleid.

Beim Warten hat man Zeit.

Ich hatte Zeit zu sehen, wie er anfing zu reisen, mit einer anderen als mir, und Geschmack daran fand, wie er ferne Lieblingsorte entdeckte und dorthin zurückkehrte. Ich hatte Zeit, ihm von den Orten zu erzählen, die ich liebte, Venedig, Florenz, Rom, ihn dorthin fahren und zurückkommen zu sehen.

Ich hatte Zeit, wenigstens auf Fotos zu sehen, wie seine Tochter heranwuchs, ihr Abitur machte, ihr Studium anfing, es abschloss und Praktika in Firmen absolvierte, in denen ich arbeitete. Ich hatte Zeit, sie zu beobachten, sie schön zu finden.

Ich hatte Zeit zu sehen, wie sich unsere Körper unmerklich veränderten. Ein paar weiße Haare in der schwarzen Mähne, dann ein paar mehr, dann die neue Frisur, superkurz, fast rasiert, um die Sichtbarkeit dieser Veränderung zu verringern und ihr eine Ästhetik zu verleihen. Ein winziges Bäuchlein beim einen oder beim anderen, gefolgt von den Bemühungen, zur Schlankheit zurückzukehren. Falten, Runzeln, Erschlaffungen, für die man umso barmherziger ist, je mehr man liebt. Und dann die tieferen Spuren der Schmerzen, die nicht heilen, des Schweigens, das nicht gebrochen wird, der eintönigen Nächte und Tage, der angesammelten und nie aufgeholten Müdigkeit.

Ich hatte Zeit, Kinder zu bekommen, sie großzuziehen: Diese Jahre, die man so kurz nennt und die ich lang fand, nicht, weil ich es eilig hatte, sie vergehen zu sehen, sondern weil es mir, wenn ich meine Töchter heranwachsen sah, so vorkam, als bräuchte man sehr viel Zeit für alles – stehen, sprechen, lernen, sich auf die anderen einlassen, sich selbst ein bisschen kennenlernen – und als sei alles so langsam, als bewegte sich der Mensch nur mit winzigen Schritten, unmerklichen Lehren, nicht benennbaren Fortschritten, als könne man ebenso gut nichts sich ändern sehen, vor allem bei seinen Nächsten.

Ich hatte Zeit, einen Mann reifen, eine Frau Frau werden zu sehen.

Ich hatte Zeit, einen Mann sich voller Leidenschaft einer Geliebten in die Arme werfen zu sehen und sich ganz und gar und immer mehr der Ehefrau zu widmen. Zeit zu sehen, wie dieser Widerspruch sich entfaltete und sich an dem nie gelösten Zwiespalt ergötzte.

Ich hatte Zeit, groß zu werden und ein kleines Mädchen zu bleiben. Ich hatte Zeit, über alles, was geschah, nachzudenken und zu grübeln. Man sagt, man habe sie nicht, aber man hat sie. Man hat Zeit, so viel man will.

Ich hatte Zeit, mich zu langweilen, wie Kinder, die man allein spielen lässt, ohne ihnen Anregungen zu geben.

Ich hatte Zeit, bei Psychologen und Psychiatern ein und aus zu gehen, meine Hand nach der indezenten Kleenex-Schachtel auszustrecken, die so nah am Sessel stand, dass man sich nicht einmal anstrengen musste, um danach zu greifen. Dann schon vorher zu wissen, was er oder sie mir sagen würde, und nicht mehr hinzugehen, weil ich keine Zeit mehr hatte.

Diese ganze Zeit, die ich hatte, bis ich keine mehr hatte. Am Ende des Wartens hatte ich es plötzlich eilig.

X + 4197

Ich hätte nichts zu sagen brauchen in Miami. Es dabei belassen. Mich seinem Verlangen hingeben, als sich die Tür hinter dem Hotelboy geschlossen hatte. Aber da hatte er mich schon gepackt und an sich gezogen, hatte er schon meinen Cardigan aufgeknöpft, meine Jeans und seine. Er lächelte wie jemand, der sich das Recht nimmt, zu schnell zu sein, weil schon abgemacht ist, dass wir alle beide es so mögen.

Zuerst hat mir dieses heftige Verlangen nach neun Stunden Flug, dem Warten am Zoll, dem Stau auf der Brücke nach South Beach und vor allem den zwölf Jahren unserer Liaison gefallen. Diese Dringlichkeit, ja, immer noch, vielleicht, weil wir uns weniger oft berühren, kaum einmal im Monat. An seinem Körper habe ich alles wiedererkannt, die Kleinigkeiten, die mich verfolgen und mich beruhigen: die Bräune seiner Haut, die dem Eingeschlossensein der Wintermonate widersteht, seine athletischen Schultern, obwohl er keinen Sport treibt, den Fussel, der sich in seinem Nabel einnistet, um den Reinheitsfanatiker daran zu erinnern, wie er enden wird, die beiden symmetrischen Mulden unter den Hüften, das Fell von seinem Po bis zu seinen Beinen, wie bei einem Tier. Eine solide, sichere Schönheit, die ihn trotz des fortgeschrittenen Alters nicht im Stich lässt. Als er in mich eindrang, fand ich eine Zeitlang die Gewissheit der Verschmelzung wieder, die aus der langen sexuellen Vertrautheit erwächst, der man ein Zertifikat verleihen könnte, ISO 9001 der Liebe. Dieser Moment im Hotelzimmer in Miami war zunächst wie eine Wohltat.

Dann kehrte die quälende Frage zurück: Warum konnte ich in diesem Hin und Her keine Befriedigung mehr finden? War es wirklich das, nach zwölf Jahren, dieses Reiben der Körper, bei dem man, wie er mir tausendmal erklärt hat, nur glücklich wird, wenn man aufrichtig ist? Sonst packt einen die Lust, zu fliehen, sich sofort nach dem Auflodern voneinander zu lösen. Wegzugehen. Das ist so, wenn man nicht liebt, hat er gesagt, man entfernt sich direkt danach, man fragt sich, warum man da ist, sogar das, und die Dringlichkeit, die Körper zu trennen, steigt in dir auf wie panische Angst. Das ist so, hat er mir erzählt, ganz sicher. Und es stimmt, dass er sich nach dem Orgasmus nie zurückzieht, er bewegt sich langsam, um mir noch Lust zu schenken, dann kommt er raus, ganz klein, auf Samtpfoten, und bleibt nah bei mir, um zu plaudern.

Ich habe zu ihm gesagt: «Ich würde nie jemanden reinlassen, den ich nicht liebe», auch wenn die Zeit der Liebe vorbei ist und mein Körper brachliegt. Liebe heißt für eine Frau von vornherein, eine Befleckung in sich zu akzeptieren. Man muss den anderen bis hin zu seinen Sekreten lieben, um ihn ohne Furcht und ohne Widerwillen gewähren zu lassen. Ich habe ihm das gesagt, als würde ich mich bald darum sorgen müssen, einem anderen Zugang zu gewähren.

Er hat geantwortet, dass diese Geschichte der verliebten Körper schlecht zum Eheleben passe. Das denken viele Männer. Ich glaube es nicht, es hat mich nie überzeugt, ich liebe das Alltägliche des Lebens, ich arrangiere mich gut damit, ich wasche, ich putze, ich kümmere mich um alles, damit nur der angenehme Teil bleibt, ich habe nicht das berühmte Problem mit den dreckigen Socken. Bei mir sieht man sie nie. «Außerdem sind deine Socken für mich ebenso real wie für deine Frau, oder? Sie entmaterialisieren sich nicht, wenn deine Hand mich berührt. Das ist eine Geschichte, die die Männer ihren Geliebten erzählen, damit sie nie darauf kommen, ihre Frau zu werden, damit sie glauben, das Beste zu besitzen, und sich mit den Krümeln begnügen.» Meine Worte haben ihm nur ein ungläubiges Lächeln entlockt.

Nach der Lust hat er das Zimmer mit dem Blick eines Designliebhabers begutachtet, die Gegenstände und das Kopfende des Betts berührt, seinen Rundgang gemacht: Das also ist der Ort dieses Wochenendes, des ersten in zwölf Jahren, des einzigen Ausreißers, den er uns gewährt hat. Das Urteil ist gefallen: keine Geschmacklosigkeit. Warum hatte ich mich in Paris so lange mit der Auswahl des Hotels beschäftigt? Stunden im Netz, er hatte gesagt, es ist mir völlig wurst, aber ich wusste, dass es nicht stimmt.

Ich taxierte das Zimmer ebenfalls, irgendwas störte mich.

Der Empfangschef hatte unsere Pässe angeschaut, offenbar war jeder von uns mit jemand anderem verheiratet. Dann gab er uns ein besseres Zimmer, weil ihm der Gedanke an Frankreich und vielleicht auch an Ehebruch *à la française* gefiel. Er musterte mich eindringlich, sah die aus meinem Pferdeschwanz gerutschten Strähnen und meine ziemlich unordentliche Handtasche, die gespielte, in der ganzen Welt zu erkennende Nachlässigkeit der Pariserin, und hatte sich gesagt, dass ich sehr französisch sei. Beinahe hätte ich ihm gesagt: Ja, bei uns schreibt man hübsche Geschichten über Ehebruch, deren Leichtigkeit, Anmut und Charme aus den Alkoven von Versailles stammen. In Amerika macht man eine Tragödie daraus, ist es ein Weltuntergang wie in *Eine verhängnisvolle Affäre*.

Er hatte mir meinen Pass mit einem Blick voll diskretem Einverständnis zurückgegeben. Der Pass mit dem Ehenamen verschafft mir eine gewisse Sicherheit, ja Bequemlichkeit, obwohl der Ehemann schon lange davongeflogen ist. Aufdringlichen Zöllnern, Empfangschefs, Bankern oder dem Bodenpersonal von Air France erzählt der Pass, dass ein Mann an meiner Seite lebt.

Man hatte uns also in diese kleine Suite geführt. Alles war sorgfältig gewählt. In einer schwarzen Nische thronte eine hohe Kommode im Neo-Rokokostil mit Goldverzierungen und einer rosa Marmorplatte, wie ein Kunstwerk von einer Vitrine eingefasst und beleuchtet. Das war eine typisch amerikanische, irgendwie respektlose Idee, aber recht geistreich, wir hatten uns damit abgefunden. Ich suchte nach dem, was nicht passte, aber ich sagte ihm nichts. Es war einfach eine Traurigkeit, eine Wehmut im Licht. Ich ging zum Fenster, die Sonne verschwand gerade hinter den weißen Gebäuden, den großen Schatten der Palmen, den Parkplätzen mit hohen Gittern, den über den Straßen hängenden Ampeln, den verlockenden Leuchtreklamen und den verwahrlosten Hinterhöfen der angesagten Restaurants, dieser ewigen Landschaft von Amerika, dem Amerika von Hopper und CSI Miami. Vom Fenster aus umfasste der Blick eine Illusion, eine Eitelkeit, schön und herzergreifend wie Marilyns letztes Lächeln: Es war dieses kleine Elend von draußen, das ins Zimmer drängte und mir die Kehle zuschnürte. Der Eindruck war gewaltig: Durch die Glasfront kam er in den Salon der Suite und bis ins Schlafzimmer.

Er ist zufrieden vom Liebeslager aufgestanden. Dann kommt der Moment, den ich fürchte: der, wo er, immer noch nackt, seine Sachen aus dem Koffer holt, Jacketts, Hosen, Hemden, schon sortiert. Das tut er mit einer gewissen Affektiertheit und der Miene eines zufriedenen Genießers, die mich abstößt. Dieser Teil seiner selbst, den er mir da offenbart, ist vielleicht der intimste. Komische Vorstellung, dass es der Teil ist, den ich am wenigsten mag, obwohl ich ihn selbst liebe, ja, doch. Ich konnte ihn noch nie ohne Unbehagen seine Sachen einräumen sehen. Ich ertrage es nicht, mich in einen Pedanten verliebt zu haben. Aber was für ein Fortschritt, ein Mann, der aufräumt. Ich mag die wohlgeordneten Dinge auch, aber ich will nicht die Arbeit sehen, die der Harmonie vorangeht. Dieser schamlos offenbarte Ordnungssinn ist geradezu obszön. Zweifellos schockiert er mich, weil er nicht in meinem Liebhaber sitzt, sondern in dem Ehemann, seinen Alltagstätigkeiten, seiner Familie, und weil ich davon ausgeschlossen bin. Unsere Beziehung ist Unordnung, Verrücktheit; sie ist das einzige Unaufgeräumte, was er in seinem Leben duldet.

Ich wandte mich ab und hängte meine Kleider auf, widerwillig, ohne Elan, mit demonstrativer Schroffheit, als wollte ich ihm zeigen, dass es auch anders geht, dass man sich auch ein bisschen mehr von dieser bedeutungslosen Materialität, von «seinen kleinen Geschäften» lösen kann, aber er merkte nichts davon. Dann klappte ich den Deckel meines halb geleerten Koffers zu.

Wir reinigten uns von der Liebe und vom Flugzeug – nicht zusammen unter der Dusche, wie wir es manchmal gemacht hatten, nein, diesmal getrennt – und erschienen prachtvoll voreinander, er in weißem Hemd und grauer Hose, ich mit zartgelber Seidenbluse und schwarzer Hose. Im Spiegel betrachteten wir uns beide und fanden uns passend.

Ein Abendessen und ein Tag vergingen. Ganz gewiss mit die glücklichste Zeit meines Lebens. Kein Mal in zwölf Jahren hatten wir unseren jeweiligen Leben bisher mehr als vierundzwanzig Stunden gestohlen, um sie zusammen zu verbringen. Alles kam mir lang vor, es war unglaublich, diese ganze Zeit, es war pure Wollust. Als ich so zwei Tage ein bisschen mit ihm zusammenlebte, wurde mir meine tiefe Zuneigung bewusst; das Band zwischen uns hatte sich seit dem SV verändert, aber niemals gelöst.

Miami wirkte wie eine Stadt am Ende der Welt, wunderbar und tragisch. Schamlosigkeit, Drogen, eine den Schändlichkeiten des Planeten frönende Stadt, wie ein Flugzeug, ohne Piloten in einen Himmel von Illusionen geschossen. Ein schönes Mädchen auf Entzug, rührend in seiner Zerbrechlichkeit. Ein Ort, wo der Ehebruch in seinem Element war. Beim Spazierengehen waren wir nicht so zurückhaltend wie in Paris.

Wir brauchten einen Tag, um ein paar Häuserblocks zu erkunden, und diese Langsamkeit passte mir. Er machte Fotos, suchte Blickwinkel, Perfektion, und ich wartete gern auf ihn, ich sah ihn nachdenklich und eifrig vor den Art-déco-Fassaden mit ihrer Mischung von Strenge und den Verrücktheiten eines Seebads, ihrer Fröhlichkeit und dem kindlichen Augenzwinkern der Architekten.

Wir liefen herum, ohne anderes Ziel, als herumzulaufen. In zwölf Jahren waren wir so wenig herumgelaufen.

Am dritten Abend ist es geschehen. Am dritten Abend haben wir *Die Schöne des Herrn* nachgespielt. Ariane und Solal in ihren Lichtgewändern, zum Mythos geworden, zur Perfektion verpflichtet, in ihrer vergeblichen Suche nach dem Bild der Liebe, in ihrer schwindelerregenden Schönheit und ihrer unmöglichen Ästhetik gefangen und in ihrer Künstlichkeit erstarrt.

Im Restaurant des *Sagamore*, wo wir auf weißen Kunstledersesseln saßen, regte er sich plötzlich über die Vulgarität der Leute auf. Ich sagte: «Wir sind in Miami, nicht in Cap Ferret.» Es war mein Geburtstag, aber er redete von seinem Gefühl für Anstandsregeln, der Gefahr, sie zu verlieren, ihrer Bedeutung für den Fortbestand der Zivilisation. Das war gleichzeitig intelligent und grotesk. Ich senkte den Blick auf meinen Teller, er machte weiter, ohne zu merken, dass ich fort war, dass ich uns gleichsam von außen zuschaute, wie wir verzweifelt an diesem Tisch saßen, wie ein altes Ehepaar, na bitte, so stand es um uns.

Bis ich den Spiegel zerbrach, das Bild nicht mehr ertrug, von dem ich so oft gesagt hatte: Findest du nicht, dass wir gut zusammenpassen? Nein, wir passen nicht zusammen, wir passen überhaupt nicht zusammen. Seit zwölf Jahren dieser perfekte Ehebruch, das ist nur ein armseliges, ein zweitklassiges Leben. Das war es, seit ich frei war und sein Doppelleben ertrug, seine endgültige Versöhnung mit seiner Frau, nach den unsicheren Jahren, den Jahren unserer Leidenschaft und meiner Allmacht. Das alles habe ich ihm gesagt und dann noch: «Welche Anstandsregeln? Du betrügst deine Frau seit zwölf Jahren und erzählst mir was von Anstand. Du bist ein Bigamist, du hast die Anstandsregeln schon lange mit Füßen getreten.» Das hat ihn schockiert, aber er hat es nicht geleugnet. Er hat nur geantwortet: «Ich habe es für dich getan, damit es dir besser geht. Was weißt du schon von mir?»

Nach dem Essen tat es mir leid, ich hatte den Abend verdorben. Er hatte sich nicht für die Frau ihm gegenüber interessiert, sondern viel mehr für alle ringsum, die er vulgär fand in den weißen Kleidern, die ihre gebräunten, schamlosen Körper hauteng umschlossen. In der Tiefe seiner verächtlichen Blicke hatte ich die Faszination gelesen. Das war mein Geburtstag, und mein Liebhaber seit zwölf Jahren, meine große Liebe, konnte mich nicht mehr ansehen. Ich hätte mich noch besinnen können: Was habe ich mit alldem zu tun? Nichts als ein verdorbenes Abendessen. Ich bin allein, frei, dieser Mann schenkt mir Lust, wenn ich es will. Was könnte ich mehr verlangen? Aber so ist es nicht abgelaufen. Ich habe an das Hin und Her zurückgedacht, ich konnte mein Leben und mein unendliches Liebesbedürfnis nicht auf diese monatliche Sequenz des Vergessens der Körper ineinander reduzieren.

Ich habe gesagt: «Das ist vulgär.»

Er sah mich an, als sei ich verrückt: «Warum sagst du das? Nichts war je vulgär zwischen uns.» Ich ließ ihn näher kommen, um mich zu beruhigen, wir machten draußen ein paar Schritte, hielten uns bei der Hand. Ich habe gewusst, dass es das Ende war. Im *Delano* sahen wir auf den Sofas entzückende Mädchen in bis zum Po hochgerutschten Kleidern willig und betrunken an ordinären Männern lehnen. Er fragte, ob ich ein Glas trinken wolle. Ich sagte nein, ich bin nicht scharf darauf, eine von ihnen zu sein. Er umarmte mich fester. Ich sprach von dieser Epoche, dieser komischen Zeit, wo man überall auf der Welt die gleiche Musik hört, den gleichen Alkohol trinkt, scharf auf den gleichen Sex, die gleiche Droge ist.

Wir sind ins Zimmer hochgegangen, und ich habe ihm meine Ablehnung ins Gesicht geschrien. Ich wollte den Platz nicht, den er mir gegeben hatte, den ewigen Platz der Geliebten, der Liebenden, der Nutte, derjenigen, die man gern für die Lust will, aber nicht für alles andere. Er hatte mich mit meiner Zustimmung dorthin geführt, langsam, aber sicher, Jahr für Jahr, ein Schritt nach dem anderen, aber jetzt, an diesem Platz angekommen, wollte ich ihn nicht. Ich sah klar, ich hatte Zeit gebraucht, um zu verstehen, dass wir uns unmerklich bewegt hatten. Ich hatte Überraschungen, Orte, Gelegenheiten erfunden, damit ihm jede Stunde, die wir zusammen verbrachten, stärker, intensiver vorkam. Damit er danach verwirrt, bezaubert war. Damit nie die Gewohnheit Einzug hielt. Das Bemühen war vergeblich und hatte mich erschöpft. Ich erzählte ihm von meinem Hass auf das, was er aus mir gemacht hatte.

Er legte sich mehrere Male hin und stand wieder auf, er stöhnte, er zitterte, ihm tat alles weh, was ich ihm gesagt hatte, er wollte, dass die Worte aufhören. Ich sagte, dass ich die Worte nicht aufhören lassen könne, aber dass wir mit der Sache aufhören würden, da, in Miami. Nicht mit den Worten, sie waren zu lange in mir geblieben und kamen in einem ununterbrochenen Strom heraus. Er lief im Zimmer auf und ab und sagte immer wieder, er könne nicht mehr, wie eine Litanei.

Ich flüsterte: «Es wird nichts geschehen. Nichts mehr.» Er legte sich wieder hin und schlief fast auf der Stelle ein, aus Erleichterung, glaube ich. Plötzlich beruhigt, dass endlich die Worte aus meinem Mund gekommen waren, die er ebenso sehr erwartete, wie er sie fürchtete: «Es ist vorbei.»

Dann, neben ihm, der schlief, ließ ich lautlos das armselige Elend von draußen an mich herankommen, das

Elend, das aus der großen Fensterfront über der Stadt quoll. Es passte so gut zu dem anderen, das ich zwölf Jahre ausgebrütet hatte und das abseits von unserer Liaison in mir gewachsen war. Ich weinte lautlos, und die Tränen rollten über das gestärkte Laken, ohne in das Leinen einzudringen. Ich schaute seinen Körper an – seinen Umriss unter dem Bezug, das Bein, das er herausgestreckt hatte – und dachte, dass ich ihn nicht wiedersehen würde. Er war mir seltsam vertraut. Diesen Körper für immer von mir getrennt, für immer außer Reichweite zu wissen war ein unerträglicher Schmerz. Dieser Körper, mit dem ich so gern, so lange und so oft verschmolzen war, hatte sich in meinen eingegraben, er war nicht außerhalb von mir, man würde ihn aus mir herausreißen müssen. Es würde mir wahnsinnig wehtun, jahrelang, ich wusste es.

Ich konnte mich nicht von diesem Körper unter dem Laken lösen. In der frischen Nacht von Miami war er dabei, ein bisschen zu sterben. Man lebt vom ersten Tag an in der großen Liebe der anderen, man lebt davon, man leidet, wenn es nicht genug gibt, und man krepiert, wenn sie geht. Seine Anwesenheit, das Klima um ihn herum, seine Stimme, der Raum, den er einnahm, sein immer etwas düsterer Blick auf das Dasein, seine gute Laune, die, wenn sie kam, einem Wunder glich, das alles würde etwas weniger lebendig sein, wenn ich ging.

Mir schoss durch den Kopf, dass ich mir große, viel zu große Gewalt antat, diesen Bruch so sehr zu wollen, obwohl ich dann monatelang keinen Blick mehr auf einen Mann richten würde, dass ich mit fünfundvierzig Jahren die einzige männliche Gegenwart, die zählte, aus meinem Leben ausschloss. Da ich von dem Mann getrennt war, mit dem ich das erste Stück des Wegs zurückgelegt hatte, fand ich mich, wie alle geschiedenen Frauen meines Alters, mit meinen Freundinnen wieder. Für einen Zeitraum, der von einem Jahr bis zur Ewigkeit dauern konnte. Ich sah sie an, ich hatte sie gern, sie waren alle – oder fast alle, auf jeden Fall viel mehr, als die Statistik sagt – verlassen, stark und strahlend, ihre Augen von neuen kleinen Falten gesäumt, die sich mit dem Weinen und den schlaflosen Nächten in ihre schönen Frauengesichter eingegraben hatten. Wir aßen zusammen, wir gingen ins Kino, wir lachten wie Backfische, wir redeten über unsere Scheidungsverfahren, die Vorteile des geteilten Sorgerechts, wir reservierten im Internet Karten, um Ausstellungen zu sehen, wir nutzten jedes zweite Wochenende, um zu tun, was wir in den letzten fünfzehn Jahren nicht getan hatten: lesen, ausruhen, uns schön machen. Aber für wen? Es gab keine Männer mehr. Sie waren alle gegangen, mit Jüngeren, mit Männern, mit niemandem. Mich packte plötzlich eine unendliche Zuneigung zu diesen Freundinnen, die mit der Pille aufgewachsen waren und mit der Freiheit, sich einen Mann auszusuchen, diesen in den sechziger Jahren geborenen Glückstöchtern, die die Hoffnungen der Eltern auf die Schulbänke getragen hatten, brillanter als ihre Brüder, mit besseren Diplomen. Denen ihre Mütter nicht das Kochen beigebracht hatten, «weil du Wichtigeres zu tun hast, mein Schatz», die sich in Männerversammlungen gesetzt hatten, die eine unglaubliche Organisation ersonnen hatten, um Haus und Kinder zu versorgen, koste es, was es wolle. Sie waren an einem unbekannten Ufer gestrandet, Unglücksgefährtinnen, nicht mal abhängig, nur allein, und mussten immer noch so vielen Zwängen entgegentreten: denen der Arbeit, des Unternehmens, das sie in fünf Jahren zu alt und zu teuer finden würde, denen ihrer Kinder mit Schulproblemen, ihrer Teenager mit Weltschmerz. Sie hatten noch alles und trugen es gut, Karriere, Geld, eine im Kampf gewonnene Sicherheit, und manche hätten sie als Reiche beschimpft. Aber manchmal, mitten in einem Gespräch, nach einem Glas Weißwein, ließen sie an einem leisen Seufzer, an der plötzlichen Schwere der Lider, am Schweigen, das sich gegen Ende des Abends ausbreitete, Müdigkeit, etwas Verzweiflung, Mutlosigkeit erahnen. Roch hatte mich mit der Energie der Liebe lange von dieser Erschöpfung ferngehalten, aber während ich neben seinem schlafenden Gespenst saß, wusste ich, dass ich mich jetzt zu ihnen allen gesellen würde.

Auf dem Bett der Trennung, wo sein regelmäßiger Atem von Beruhigung kündete, ermaß ich die Einsamkeit, die mich erwartete, und bei der Vorstellung, keinen Sex mehr zu haben, vor allem dabei, warum sollte ich es nicht zugeben?, zitterte ich innerlich ein bisschen.

Als er aufwachte, war es, als hätte er es verstanden, als wüsste er, was mich bis zum Morgengrauen gequält hatte. Er war noch am Saum des Schlafes, und er sagte «komm», und ich habe mich auf ihn gelegt, um es noch einmal zu machen, unendlich sanft.

Dann habe ich mich entfernt, ohne ihn länger anzusehen, ich hatte Angst, Angst davor, keinen Mut mehr zu haben. Ich ging am Strand joggen, zu der Stunde, da die Nachtbars schließen. Hier und da schliefen Leute auf dem Sand. Bei Sonnenaufgang vollzog sich ein merkwürdiges Kommen und Gehen, trafen sich dort die Ärmsten und die Reichsten, die einen kamen in Luxussportanzügen mit ihren *dog-trainers* und *coaches*, die anderen gingen in die Stadt, mit einer Plastiktüte als einzigem Gepäck. Überall am Strand wurde patrouilliert, um den Frieden der Extreme zu bewahren. Überall war es das Gleiche, in Djerba, Shanghai, Phuket, Cancún klebten Reichtum und Mittellosigkeit förmlich aneinander. Das traf mich jedes Mal. Wenn sich nicht ein paar Männer mit gutem Willen fanden, würde das alles in nicht allzu ferner Zeit explodieren. In der Morgenbrise ging noch alles gut, das Laufen beruhigte mich, beim Stretching spürte ich, dass meine Körpermaschine genauso rund lief wie die Welt.

Als ich ins Zimmer zurückkam, fand ich Roch wie üblich bei der Arbeit, vor seinem Freund, dem Computer. Ich habe auch einen, ich kann nichts dagegen sagen. Es war diese Obsession, nicht ich, die seine Ehe ein paar Jahre zuvor fast bis zum Zerreißen strapaziert hatte. Danach hatte sich seine Frau von der Hoffnung verabschiedet, dass sich seine Arbeitssucht irgendwann in eine gemäßigte Leidenschaft verwandelt würde, sie hatte sich verändert, hatte selbst angefangen zu arbeiten. Wie gut ich sie verstand. Ich legte die Arme um ihn, er drückte seinen Kopf an meinen Hals, diese Zärtlichkeit rührte mich zu Tränen. Ich flüsterte ihm ins Ohr:

«Wir machen uns noch einen schönen Tag, wenn du willst.» Er murmelte «Ja» und küsste meine Lippen.

Ich habe ein knallrotes Kleid angezogen und bis zum Nachmittag durchgehalten. Er wollte nach dem Essen ein bisschen am Strand schlafen, direkt neben der hübschen Hütte der Rettungsschwimmer. Wenn er aufwacht, werde ich weg sein.

Es ist 16 Uhr, er schläft ganz fest, und ich gehe. Weil er zu viel geschlafen hat. Man kann nicht schlafen, wenn so viele Sachen im Kopf derjenigen brodeln, deren Hand man hält. Seit zwölf Jahren schläft er, während ich wach bin. Genug Zeit, damit nach dem Glück die Verzweiflung kommt und sich eine böse, schlecht zu heilende Wunde auftut, die Wunde seines Körpers fern von mir, von ihm schlafend am Strand, während ich in aller Eile die Hotelrechnung bezahle und mich in ein Taxi zum Flughafen werfe.

Ich habe ihm einen Brief geschrieben, so schnell, dass mir die Hand brennt, ich lasse ihn im Zimmer. Er wird ihn lesen, weil er immer neugierig auf mein seltsames Fieber zu schreiben war. Ich schreibe ihm nur, was er schon weiß, von meiner Verletzung, damit der Mann, der geliebt wurde, sie ein bisschen trägt, damit er der treue Verwahrer dieses Inventars von Glück und Unglück ist, vom Dasein einer Geliebten, die sich wie so viele vor ihr damit hätte begnügen können, eines Tages, wenn möglich in himmelblauem Kostüm, zur Beisetzung ihres verstorbenen Liebhabers zu gehen und die Hand ihrer untröstlichen Rivalin zu drücken. Damit er sich an die Narben in meinem Kopf erinnert, die, von denen er wusste, dass sie noch schmerzten, die anderen, die er ahnt, weil er mit mir gesprochen hat, dicht an meiner Wange, in Hotels, Cafés, Restaurants, Parkhäusern, Haut an Haut, zwischen den zerwühlten Laken der Liebe in Miami. Damit dieses freundliche Pathos eines Tages vor seinen Augen etwas Wiedergutmachung findet.

So lässt mich Roch gehen, mitten in seiner Siesta.

X + 4319

Seit Miami haben wir wenig miteinander gesprochen. Die Arbeit bringt uns jeden Tag zueinander, Lieferant und Kunde, und diese erzwungene Nähe macht uns ratlos. Eine sehr gute Psychologin treibt mich seit drei Monaten in die Enge. «Sind Sie sicher, dass Sie diese Trennung wollen? Sie haben diesen Bruch beschlossen. Sie können die Entscheidung rückgängig machen. Was sagt er?» Er sagt, dass er mich liebt. Er hat mich neulich aus dem TGV angerufen, der ihn zu seiner Frau brachte, an einem Freitagabend. Er hat mir nur Folgendes gesagt, im Lärm der Räder auf den Gleisen: «Hör mal, ich wollte dir nur sagen … ich liebe dich.» Aber er wird nicht weggehen, das sagt er auch.

«Woher wissen Sie das?»

«Ich warte schon eine ganze Weile.»

«Trotzdem, haben Sie sich nicht zu etwas gezwungen, was Sie nicht wollen und worunter Sie leiden? Können Sie nicht ein erfülltes Leben haben, wenn Sie seine Geliebte sind?»

«Da bin ich mir sicher: nein.»

«Überlegen Sie mal. Sie lieben diesen Mann, er liebt Sie. Wenn Sie wieder zu ihm zurückwollen, können Sie es.»

«Aber ich habe ihn so beschimpft, ich habe gebrüllt, ich habe meinem Herzen Luft gemacht.»

«Sie können. Wenn Sie nur wollen. Strecken Sie die Hand aus, Sie werden sehen …»

Meine engsten Freunde sagen mir angesichts meiner nicht endenden Apathie das Gleiche.

Dann landet diese Einladung in die Salle Pleyel auf meinem Schreibtisch. Ein großes Konzert, ein schöner Abend mit dem Orchestre de Paris und einem großen japanischen Dirigenten, der nur selten reist. Kleiderordnung: «Abendgarderobe». Da mein Chef das Konzert für seine Kunden organisiert hat, ist das Programm zugänglich, es erkundet keine seltenen Werke, sondern will wenig geschulte Ohren mit ein paar Hits der klassischen Musik ergötzen. Ich frage mich, ob ich das nicht eigentlich lieber habe. Eine Spur von Schlichtheit würde der klassischen Musik nicht schaden. Roch liebt Musik. Die Versuchung ist groß. Ich lasse die Idee und die Einladung ein paar Tage lang gut sichtbar auf meinem Schreibtisch reifen. Dann greife ich nach dem Hörer. Er sagt sofort ja. «Bist du sicher, dass es eine gute Idee ist?» Ja. Ich habe ihm keinen Raum für Zweifel gelassen.

Der Tag kommt. Wir treffen uns im letzten Moment vor der Salle Pleyel, als es schon klingelt. Ich trage ein grün-grau abgestuftes Seidenkleid mit nacktem Rücken. Er sieht mich an, wagt kaum zu lächeln, und der Arm, den er mir reicht, um mich die Treppe hinaufzuführen, zittert leicht. Er trifft einige frühere Arbeitskollegen, die seine Frau kennen, und lässt meinen Arm nicht los, er stellt mich vielmehr vor, ich spüre seinen Stolz an meiner Seite. In gewisser Weise auch Erleichterung, dass es noch möglich ist, mich am Arm zu führen, derjenige zu sein, auf den ich mich ein wenig stütze, um mit meinen hohen Absätzen die paar Stufen zum Parkett hinaufzusteigen. Plötzlich habe ich das Gefühl, dass er seit Miami nichts anderes gesucht hat als diesen leichten, vertrauensvollen Druck an seinem Arm, von einer Frau, die nicht ganz von ihm abhängig wäre, ihn aber in diesem Moment, weil sie hohe Schuhe trägt, ausgewählt hätte, unter allen ihn, um sie ein wenig zu stützen, ihr zu helfen, oh, nicht sehr, nur da, für ein paar Stufen. Eine freiere Frau, die ihn nicht brauchen würde, um zu überleben, und die ihn ausgewählt hätte, weil er unter allen Männern, die sie kannte, derjenige war, der ihr gefiel. Für eine alternative Durchquerung des Daseins, in dem man sich nach Sehnsucht und Abwesenheit wiederfindet und aus dem man die Schwere, die Zeiten der Müdigkeit, die Verpflichtungen des Zusammenlebens verbannt, um nur diese leichte Elektrizität, diesen kleinen Druck auf dem Arm zu bewahren und später den Taumel der Vereinigung. Er sieht mich während des Konzerts verstohlen an, erleichtert, mir eine Zeitlang wieder diese Freude zu geben. Unsere Finger verschränken sich. Die Psychologin hatte recht, es war gar nicht so schwierig. Die Musikstücke sind so bekannt, dass man sie mitsingen könnte. Die Musiker jubeln förmlich, begeistert von dieser Gelegenheit, einem unerfahrenen Publikum offenkundig Freude zu machen.

Danach gehen wir Arm in Arm zur Brasserie Lorraine. Während des Abendessens weine ich ein bisschen, wie jemand, der sich bedauern lassen will, für diese vier Monate ohne ihn, für sein «Ich liebe dich» aus dem TGV. Er sagt: «Ich war sicher, dass es keine gute Idee ist mit dem Konzert.» Dann: «Ich bitte dich, verlange nicht mehr von mir, sie zu verlassen.» Und so macht er unvermutet, beim vorletzten Bissen Quiche, dem Warten ein Ende. Blitzschnell treffe ich eine Entscheidung, ich lüge ihn an, ich sage: «Mach dir keine Sorgen, ich bin bereit, ich werde es nicht mehr von dir verlangen.» Dann habe ich das Gefühl, dass alles gut geht. Meine Lüge befreit ihn sofort. Als wir aufstehen, legt er seine Jacke über meinen nackten Rücken und küsst mich langsam, lange, unter den Augen des Küchenchefs der Brasserie Lorraine. Im Taxi, das mich zu Hause absetzt, macht er weiter und sagt: «Du hast mir gefehlt.» Er hält meine Hand, bis ich aussteige, er bittet den Fahrer, zu warten und erst loszufahren, als sich die Toreinfahrt hinter mir geschlossen hat. Als ich in mein Zimmer komme, lege ich mich auf den Fußboden, glücklich und zugleich entsetzt: Das könnte also niemals aufhören.

Das Warten verliert seine Kraft.

Es löst sich auf. Es ist sich des Einsatzes nicht mehr sicher. Was wollte man ursprünglich? Das ist schon so lange her.

Der Einsatz hat sich geändert. Niemand wartet mehr auf den anderen. Die Asymmetrie hat Roch für diejenige, die auf ihn wartete, zeitweilig verfügbar gemacht. Er ist da, er will nicht nicht da sein, er wird da sein, solange sie will, das ist fortan ein bisschen die Abmachung zwischen ihnen. Er denkt, dass er ihr Leben zerbrochen hat und dass diese Verfügbarkeit eine Form der Wiedergutmachung ist. Und außerdem kommt er dabei auch auf seine Kosten. Er will keinen Ärger mehr. Der Daseinsgrund des Wartens, diese Spannung zwischen ihnen beiden, ist verschwunden.

Das Warten ist enttäuscht. Es will die Bühne verlassen. Das Warten wird sich empfehlen, aber vorher strebt es nach einem Moment der Gnade, einem Festakt. Man wird das Ende des Wartens mit großem Pomp feiern.

X + 4682

Die Blätter der großen Kastanien glänzen in der untergehenden Sonne. Durch die offenen Fenster kommt der Frühlingswind herein, und seine Böen voller Pollen lassen Roch schniefen. Ich fahre mitten durch das grüne Band, das Paris mit Versailles verbindet, berauscht und glücklich über diesen Abend, den ich ausgeheckt habe. Er zeigt sein strahlendes Lächeln, lässt sich an diesen Ort bringen, wohin er seit dem Frankreichbesuch seines englischen Brieffreundes 1969 keinen Fuß mehr gesetzt hat.

Er bewundert die Fassaden an den großen Ausfallstraßen des Departements Yvelines, überrascht von ihrem Stolz und der vergessenen Größe. Sie führen uns direkt zum Ziel der Expedition, dem *Trianon Palace*, wo ich das Zimmer für unsere letzte Nacht reserviert habe. Vor dem Hotel knirscht der Kies unter den Rädern, und wir lächeln uns an bei dem hübschen Geräusch, dem akustischen Loblied der französischen Châteaus, ihres Geistes, der unfehlbaren Anordnung von Organischem und Anorganischem rings um die schöne Harmonie eines

Hauses der Ile-de-France. Der Hotelboy übernimmt das kleine Auto, und wir behalten die winzigen Taschen in der Hand, die wir mitgebracht haben, o nein, es wird kein langer Aufenthalt. Zwischen den Säulen sitzen Gäste an der Bar. Wir gehen ins Zimmer hinauf, um unsere Taschen abzustellen. Es ist groß und nüchtern, wie ich erwartet hatte, wir öffnen das Fenster über dem erleuchteten Garten, er umschlingt sehr verliebt meine Taille, schmiegt seine Wange an meine. Alles ist hübsch, und genau das wollte ich, um ihm adieu zu sagen. Ich wollte nicht das Bedauern des Unvollendeten, die Schwere der gemeinsam verbrachten Zeit, die Bitterkeit, die sich wohl oder übel hier und da in unsere Geschichte gemischt hat, in der jeder wohl oder übel hier und da kleinen oder großen Groll angesammelt hat. Ich wollte einfach nur die Sorglosigkeit der ersten Tage, wo man noch nicht weiß, wohin man geht, sich aber darüber freut, ich wollte den Duft der Kastanien und die Leichtigkeit eines von Sofia Coppola inszenierten galanten Festes. Ich wollte die Geschmeidigkeit der schwarzen Seide, die ich für ihn anziehe, bevor wir an die Bar gehen. Er hat die Eleganz desjenigen, der nichts tun konnte, etwas enttäuscht und ernüchtert. Er sagt mir, dass ich hübsch bin. In der Bar schmiegen wir uns auf einem großen schwarzen Samtsofa aneinander. Wir reden wenig, und ich weiß, dass er den Augenblick genießt. Irgendwann hat er diese Regung der Hingabe, sein Kopf sinkt an meinen Hals, seine ganze Masse ruht für einen Moment auf meinem Schlüsselbein, er ist ganz zu mir gebeugt. Ich streichle seinen Hals und höre ihn meinen Namen murmeln. Dann flüstert er mir ins Ohr, dass wir nicht glücklich geworden wären. Ich denke über diesen Satz nach, den er oft als einen Grund für seine Unfähigkeit, sich zu trennen, angeführt hat. Das ist entsetzlich banal und vielleicht entsetzlich wahr. Es ist mir jetzt egal. Nichts zählt mehr außer diesem Moment der Demut eines reifen Mannes in Schlips und Kragen, zu alt, um sich in aller Öffentlichkeit in die Arme seiner Geliebten zu schmiegen. Ich weiß in diesem Augenblick, dass nichts gespielt war, die paar Tropfen Alkohol, die wir eben getrunken haben, können dieses kurze Sichgehenlassen, diesen kurzen Kontrollverlust nicht erklären.

Der Rest des Abends vergeht in dieser Sanftheit, wir lösen unsere Finger nicht voneinander, denn es ist schon spät, und sie werden sich nie wieder über den Gläsern berühren, er wird nie wieder seine Lippen auf sie drücken. Als wir vom Tisch aufstehen, zieht er mich an sich, und unsere Körper werden sich nicht mehr voneinander lösen. Wir fahren Leib an Leib mit dem Fahrstuhl nach oben, gehen umschlungen durch den lautlosen Flur. Er liebt mich mit außerordentlicher Aufmerksamkeit, er schaut, er berührt, die Haut an meinem Hals, meine Ohren, meine salzigen Brustwarzen, die er kostet, mein Haar, meine Kleinmädchenknie, die Rückseite meiner Waden, meinen Po, meine Klitoris. Er erkundet und weidet sich an dem, was er geliebt hat und was ich beschlossen habe, nicht mehr anzubieten. Das ist seine größte Beständigkeit, diese Hinwendung zu meinem Körper mit seinen Winkeln, seinen Überraschungen, Teenagerbrüsten und Greisenhänden.

Ich weiß, dass in meinem Alter die Poesie meines Körpers fortan nicht mehr viele Menschen interessieren wird. Es gibt so viele schönere, eindeutigere, zugänglichere Körper. Um solche Leidenschaft für einen Körper zu entwickeln, muss man sich wirklich lange für den Menschen interessiert haben.

Er hat keinen Orgasmus, hält sich zurück, um noch einmal mit mir zu schlafen, später.

Am Morgen stürzt er einen schwarzen Kaffee hinunter, berührt nichts anderes auf dem runden Tisch mit weißem Tuch, und sieht mir zu, wie ich frühstücke, mit all den kleinen silbernen Utensilien des Luxushotels spiele, Teekanne, Milchkännchen, Eierbecher, Löffel für Konfitüre, für Honig. Er beobachtet meinen Appetit, meine Genäschigkeit, meine Mischung Tee-Milch, Milch-Tee. Das Spektakel ist höchst erfreulich, ich weiß, und er ergötzt sich daran. So oft hat er mich essen sehen, überrascht, dass so viele Speisen ohne größere Schäden in diesen kleinen Körper hineingehen.

Danach kommt die Auflösung. Es geschieht, während er in der Dusche ist, als das heiße Wasser über seinen großen Körper rinnt und das Badezimmer mit Dampf füllt. Ich öffne das Fenster zum Garten und setze mich im Negligé auf den Sims. Die frische Morgenluft strömt in das weiß gekachelte Zimmer. Draußen betupft zartes Frühlingsgrün Wege und Stein. Alles hat sich so wenig geändert, seit eine junge Österreicherin hier ihre ehebrecherische Liebe versteckte. Der junge weiß gekleidete Kellner sieht aus wie ein Watteau-Gemälde, und ich könnte hier, in dieser Fensterecke, den Rest meines Lebens verbringen. Die Zeit steht still in der Perfektion dieser Szene, die

Gestalt des Kellners zeichnet sich makellos weiß vor dem Grün des Rasens ab. Er ist schön wie Gilles, mit geneigtem Kopf und abwesender Miene. Im Zimmer glitzert das Sonnenlicht auf den facettierten Fayencefliesen, die kleiner sind als üblich. Es zeigt mir mit einem Mal alle Glanzpunkte dieser Liebe, die unendlich vervielfachten Reflexe von ihm und mir. Die dreizehn Jahre werden in tausend Bildern der Intimität gebrochen. Alles hat sich an Orten wie diesem abgespielt, in Hotelzimmern, Verstecken, Badezimmern, Restaurants. So wenig hat sich abgespielt. Das Gefühl und das Verlangen mussten also nur mächtig genug sein, damit sich auf der weißen Fayence noch nach so langer Zeit die Gnade einer Begegnung lesen lässt. Mir wird bewusst, dass ich mit ihm mehr als mit jedem anderen gelebt habe, dass der eine und der andere, von dem gemeinsamen Leben erlöst, völlig gewöhnlich sein wird und dass mich das beruhigt.

Ich wende den Kopf, um seinen Körper, die Bernsteinfarbe seiner Haut hinter der matten, beschlagenen Scheibe zu sehen. Er bleibt ewig unter der Dusche, unter diesem Regen von Erinnerungen. Das Wasser fließt, und ich will nicht, dass es aufhört. Als er endlich rauskommt, greift er mit einer weiten Bewegung nach dem Handtuch. Der Dampf strömt aus der Kabine und hüllt seinen Körper in eine Wolke. Niemals mehr werde ich ihn deutlich sehen.

MIX
Papier aus verantwortungsvollen Quellen
FSC® C083411

Das für dieses Buch verwendete Papier ist FSC®-zertifiziert.